琥珀色のなみだ
~子狐の恋~

「ん！」「琥珀……」鐵がそっと唇を吸う。舌がゆっくりと琥珀の唇をなぞり、狭間へと入ってきた。

(本文より抜粋)

DARIA BUNKO

琥珀色のなみだ～子狐の恋～

成瀬かの

illustration ✻ yoco

イラストレーション❋yoco

CONTENTS

この作品はフィクションです。
実在の人物・団体・事件などに一切関係ありません。

琥珀色のなみだ～子狐の恋～

一、

闇の中、白い梔子《くちなし》の花が甘ったるい芳香を放っている。爛熟《らんじゅく》し腐敗し始めた果実にも似た匂《にお》いは官能的だが毒を孕《はら》み、通りすがる生き物を魅了する。

既《すで》に夜は更《ふ》け、有象無象《うぞうむぞう》の輩《やから》が住まう都《みやこ》は寝静まっていた。

装いも雅《みやび》な女御《にょうご》や公達《きんだち》で賑々《にぎにぎ》しかった御所の灯《あか》りも落とされ、冴《さ》え冴《ざ》えとした月の光が誰もいない庭を照らし出している。

あらゆる生き物が死に絶えてしまったかのようにも思える景色のなか、見目麗《みめうるわ》しい青年が一人だけ釣り殿に立ち月を見上げていた。

「――皇子《おうじ》、灯りをお持ちいたしましょうか」

暗がりに控えていた宿直《とのい》の武士《もののふ》に声をかけられ、皇子と呼ばれた青年ははんなりと微笑《ほほえ》む。

「斉昭《なりあきら》か。よい。折角《せっかく》の月景色が損なわれるからね」

白々とした月の光に浮かび上がった庭は午《ひる》とは別の世界のようだった。あるかなきかの風を受け、醜《みにく》く萎《しな》びた梔子が時々ほとりとはなびらを落とす。

「斉昭、知っているか？　西国《さいごく》のある山深い里には数百年に一度、獣《けもの》の形をした神が顕現《けんげん》するのだそうだ」

「獣の形の神――――?」

膝《ひざ》を突いたまま若い武士は青年を見上げた。

この青年は、今上《きんじょう》の二番目の皇子であり、武士の守るべき主《あるじ》だった。二の皇子である事を悔《く》やまれる程の聡明さと博識で知られ、近頃では乞《こ》われて政《まつりごと》にも携わっている。

「そうだ。数年経《へ》ると何処《いずこ》ともなく消えてしまうそうだが、神がいる間は豊かな実りが約束され、米も柿も栗もたわわに実るのだという。川も魚に覆い尽くされてしまう程だとか」

「それはありがたい話でございますな」

「ふん、ありがたい、か? たった数年恵みを与えるだけの力しか持たぬ弱き神だぞ」

皇子の不遜《ふそん》な物言いに、神はすべからく敬うべきものと素直に信じていた武士は沈黙した。

檜扇《ひおうぎ》を軽く掌《たなごころ》に打ち付け、皇子は武士が身を潜めている物陰へと視線を流す。

「どのような獣の形を取るか知らぬが、その神はたいそう美しいのだそうだ。一度見てみたいものだな」

手招きされ、無骨な武士は釣り殿へとにじり寄った。武士にとって皇子は雲の上の人に等しく、本来なら言葉を賜《たまわ》る事ですら畏《おそ》れ多い。だが皇子は密やかな衣擦《きぬず》れの音を立て釣り殿の端まで足を進めると、檜扇を伸ばし、伏せていた武士の顎《あご》の下にあてがった。

仰向かされた武士の顔が月の光に晒《さら》される。

「のう、斉昭。私は美しいものが好きなのだよ。この世にある全ての美しいものを我がものにしたいと思うておる」

武士の、荒削りだがきりりと整った顔立ちを、皇子は目を細め見つめた。

浅黒い肌に、鍛《きた》え抜かれた肉体が頼もしい。年の頃は二十三、四か、皇子と同じくらいだが、臈長《ろうた》けた風の皇子とは異なりどこか不器用そうな朴訥《ぼくとつ》さがある。だが其処《そこ》がまた若武者らしく、清々《すがすが》しかった。

ぎこちない声が闇に響く。

「神でさえも、ですか」

皇子が月を振り仰《あお》ぐ。

「神でさえもだ。それからあの月でさえも」

その横顔は、これまで見た事のあるどんな女《おなご》よりも優艶《ゆうえん》で麗しく、武士は若く美しい主に見蕩《みと》れた。

「それだけではないぞ。都中の桜が、そちのような見目麗しい従者が、玉《ぎょく》が欲しい。私はとても欲張りなのだよ、斉昭。そちは私が欲する物を手に入れるのを手伝《てつど》うてくれるか……?」

膝を突いた皇子が顔を寄せ甘く囁《ささや》く。年若い武士は貴人に頼りにされた悦《よろこ》びに酔い、よく考えもせず頷《うなず》いた。

「は。如何《いか》なる事でも皇子のお心のままに」

「ふふ。斉昭の忠義、期待しておるぞ」

するりと皇子の手の甲が頰《ほほ》を撫《な》でる。あまりに畏れ多く平伏した武士の傍《かたわ》らで梔子の花がまたほとりと散った。

山里の者たちも滅多に来ない深い山の奥を飛ぶような勢いで駆けていた鐵《くろがね》が、不意に立ち止まり背後を振り返った。

先刻まですぐ横を走っていた闇色の毛並みも美しい狼《おおかみ》犬《けん》がいない。見下ろすと険《けわ》しい斜面を下った所で足踏みをし鐵を見つめている。何かを訴えかけるような灰色の瞳に気付き、鐵は眉《まゆ》を顰《ひそ》めた。

「どうした——雷鳴《らいめい》」

鋭い視線を左右に走らせ——ふと空を見上げる。

妙に静かだった。

山間を流れるせせらぎの音がかすかに聞こえるが、それだけだ。他には鳥の声一つしない。

「——なんだ。何かあるのか」

無意識に腰刀《こしがたな》に手を添え、鐵は賢い獣に問いかける。

強い獣でも潜んでいるのだろうか。

そう鐵は思ったのだが、雷鳴はねじくれた木の根元に座り込み、後肢で耳の後ろを掻《か》き始めた。周囲を警戒する様子はまるでない。

訳がわからないまま鐵は滑りやすい斜面を踏みしめ、山の奥を見つめる。

「好きにしろ。私は先に行く」

静まりかえった峰に、鐵は一人踏み込む。神経を研《と》ぎ澄まし、周囲の様子を窺《うかが》いながら、音もなく進んでゆく。

山が深くなるにつれ周囲の木々は大きさを増し、やがて大の大人が何人もかかってようやく囲めるような巨木ばかりになった。天を衝《つ》くような高みにある梢《こずえ》から漏《も》れ入る早朝の光が、異景をまだらに照らし出す。

鐵は地表をみっしりと覆う苔《こけ》を踏みしめ、湿った空気を肺の奥まで吸い込んだ。

この辺りまで来るといつも肌がちりりと粟立《あわだ》つような不思議な感覚に襲われる。自然に気持ちが引き締まり、敬虔《けいけん》、といってもいい気持ちに満たされる。

この峰は神域だ。鐵の狩り場はこの峰を越えた先にある。

鐵は神というものを信じていないが、この辺りでは獲物《えもの》を見かけても見逃す事にしていた。雷鳴も此処《ここ》では獣を追おうとしない。

なぜかこの峰には山蛭《やまびる》も毒虫もおらず、鐵はこの峰で殺生《せっしょう》をした事がなかった。それでもいつもなら蝶《ちょう》や蜻蛉《とんぼ》、小さな獣の一匹や二匹は見かけるものなのに、今日は動くものを一つも目にしないまま小さな沢まで抜けてしまう。

巨石を渡り水際まで下りる。鐵は持っていた弓を置き、清らかな水に手を浸し口を漱《すす》いだ。

ハヤが遊ぶ流れの面《おもて》にむさくるしい男《おのこ》の顔が映る。

顎に薄く生えた無精髭《ぶしょうひげ》に、無造作に後頭部で束ねられた蓬髪《ほうはつ》。額《ひたい》に垂れた髪の間から覗《のぞ》く眼《まなこ》は死んだ魚のように澱《よど》んでいる。

身につけた直垂《ひたたれ》は元の色がわからない程着古され、あちらこちらがほつれていた。膝丈の小《こ》袴《ばかま》の帯に無造作に差し込まれた腰刀の鞘《さや》は汚れた白木、右腰に下げた胡簶《やなぐい》も古く、泥や埃《ほこり》で汚れている。

たまに里の子らに会えば鬼が来たと逃げられる己の姿を、鐵は無表情に見返した。

鬼、か。

違いないと男は唇《くちびる》を歪《ゆが》める。

右腰の胡簶《やなぐい》を揺すり上げ流れを渡ろうとして、鐵は不意に上流へと目を走らせた。小さな——毛玉のようなものが流れてくる。

鐵は手が切れそうな程冷たい流れに無造作に踏み込むと、水を撥《は》ね上げもがいていたそれをすくい上げた。

「なんだ——犬の子か？」

その生き物は、鐵の厳《いか》つい片手に収まってしまう程小さかった。濡《ぬ》れた蜂蜜色《はちみついろ》の毛並みがぺたりと軀《からだ》に張り付いている。もう小さな牙《きば》が生えているようだったが、咬《か》みつく元気もないらしい。鐵の手の中で、ただふるふると震えていた。

「おまえ、どこから来た」

辺りを見回してみたが、山は森閑《しんかん》としており他に獣の気配は感じられない。川を流されてきたのなら、親も匂いを追ってこられないだろう。捨て置けば死んでしまうに違いない。

袖《そで》で大雑把《おおざっぱ》に水気を拭いてやると、鐵は小さな獣を懐《ふところ》に押し込んだ。今度こそ流れを渡り、狩り場へと向かう。途中で雷鳴が追いついてきて横に並んだ。

「なんだ、来る気になったのか。さっきのはどういう気まぐれだ？」

鐵の問いかけに雷鳴はうっそりと頭をもたげる。その目が懐の膨《ふく》らみへと向けられているのに気が付き、鐵は錆《さ》びた鋼《はがね》のような声で釘《くぎ》を刺した。

「これは獲物ではない。食うなよ」

雷鳴はふいと目を逸《そ》らし、駆けだす。巨木の間を縫うように走る獣道《けものみち》を巨軀《きょく》が躍動する。

鐵も雷鳴を追い歩調を早めた。

いつの間にか腹の底に響くような音が周囲に満ちていた。水気の多い空気が肌に纏《まと》わりつく。

やがていきなり森が途切れ、視界が開けた。目の前にそびえる岩山から流れ落ちる瀑布《ばくふ》を見上げ、鐵は一旦足を止める。

まだ距離があるのに、細かな飛沫《ひまつ》が髪に、頬に撥ねた。

この渓流《けいりゅう》が神域の境目。狩り場はもう目の前だ。

飛び石伝いに渓流を渡り、鐵は懐の膨らみを押さえる。

「おとなしくしていろよ」

小さな獣は身じろぎもしない。だが生きている証拠に、湿った着物を通してほのかなぬくもりが伝わってきた。

鐵の目元が少し緩む。だが狩り場へと向き直った時にはもう、鐵の眼差しは冷徹な狩人《かりうど》のものに変わっていた。

「行くぞ」

太い尻尾を一度だけ振り、雷鳴が走り始める。鐵も弓を手に、午《ひる》なお暗い鬱蒼《うっそう》とした森の中へと消えていった。

＋　＋　＋

午《ひる》過ぎ、鐵があばら屋に帰り着き引き戸を開けると、目の前に細い藁縄《わらなわ》で数珠《じゅず》のように連ねられた干し柿がぶら下がっていた。

「月白《つきしろ》が来たのか」

独《ひと》りごち、鐵は藁縄を引きちぎる。

鐵はこのあばら屋に一人で暮らしていた。土間と板の間しかない小屋の中は手狭《てぜま》であるうえ、男の独り者の住処《すみか》らしく綺麗《きれい》とは言い難い。

鐵は土間へと踏み込み、とりあえず干し柿を火の絶えた竈《かまど》に置いた。水甕《みずがめ》の蓋《ふた》の上に伏せてあった椀《わん》を取って上がり框《がまち》に腰掛ける。腰に下げていた水袋の口を開けると、まだあたたかい牛の乳が甘い匂いを放った。

縁《ふち》の欠けた椀の半ばまで乳を満たし、鐵は懐からちっぽけな毛玉を取り出す。

「――思いの外《ほか》、肝《きも》の太い」

それはくうくうと寝息を立て眠っていた。

鐵に摑《つか》み出されたのに目覚める様子もない。尻尾を抱え込むようにして小さな軀を丸めている。

鐵が狩りをしている間に毛はすっかり乾き、みすぼらしかった生き物は幼獣らしい丸みを帯びた姿へと変貌《へんぼう》を遂《と》げていた。成獣のみっしりと密生した被毛《ひもう》とはまるで違う、ぽやぽやとした蜂蜜色の和毛《にこげ》が愛らしい。四肢の先は足袋《たび》を履《は》いたように白く、尻尾はふっさりと太く膨らんでいる。

「狐《きつね》の子が川を流れてくるとはな」

鐵は乳に指先を浸すと、狐の子の鼻先に近づけた。寝ていても食べ物の匂いはわかるのか、尖《とが》った鼻先がひくりと動く。

「くふん」

眠ったまま、むぐむぐと口を動かし始めた子狐の食い意地の強さと寝穢《いぎたな》さに眉を上げ、鐵は鼻先を指でつついた。即座に桃色の舌が閃《ひらめ》き、鼻の頭をぺろりと舐《な》める。

おいしかったのだろう、子狐の表情が実に幸せそうなものへと変化した。

「狐のくせに随分《ずいぶん》と表情豊かだな」

思わず鐵が呟《つぶや》くと子狐がぱちりと目を開く。

大きな瞳は琥珀色《こはくいろ》。稀有《けう》な虹彩《こうさい》の色に、鐵は思わず身を乗り出した。

「ほう、これは――」

子狐もしげしげと鐵を見つめ返す。

しばらく後、子狐はいきなりきゃんと悲鳴をあげ飛び跳ねた。ようやく目が覚めたのか、泡を食って逃げ出そうとする。鐵は小さな軀をひょいと摑み上げると、つんと尖った鼻先に乳で濡れた指先を突き出した。

おいしいものがある事に気付いた途端、子狐は四肢をぱたぱた振り回すのをやめる。

桃色の舌がちろりと閃き、指先を薄い膜のように覆っている乳を舐め取った。

「歯を立てるなよ」

吸いやすいよう鐵が更に近づけてやった指を前肢で挟《はさ》み、子狐ははくはくと食いつく。小さな口いっぱいに頬張ったものを一生懸命吸おうとする様子に、鐵は目を細めた。

指を濡らしていただけの乳はすぐに舐め取られてしまう。もう一度乳で濡らす為に、綺麗になった指を子狐の口の中から抜き出そうとした時——視界がくらりと揺れた。

「——む……?」

鐵は小さく唸《うな》り動きを止める。

眩暈《めまい》、だろうか。

世界がぼやけ、現実感を失ってゆく。上体が徐々に傾《かし》ぎ、倒れ伏してしまうかと思われた時、あばら屋がガタガタ揺れ始めた。

戸を激しく引っ掻く音と共に、遠吠《とおぼ》えが耳をつんざく。

雷鳴が家に入れてくれとねだっているのだ。

嵐でもないのに雷鳴が家に入りたがるなんて、子犬の頃以来だ。

鐵は子狐の口から指を引き抜くと、ふらつく頭を振りながら立ち上がった。

ふっと遠退《とおの》いていた意識が戻る。数度瞬《またた》いてみたが、眩暈は治ったようだ。

「——目が眩《くら》む程、疲れていたのだろうか?」

首を傾げつつも鐵はつっかい棒を外し、雷鳴を土間に入れてやる。それから元の場所に腰を下ろし、子狐に改めて乳で濡らした指を差し出した。

子狐はおどおど後退《あとずさ》ったものの、すぐまた誘惑に負け食いついてくる。

夢中になって吸い付く様子を眺めていた鐵は、乳が綺麗に舐め取られると柔らかな毛並みを一撫でした。

「あとは自分で飲め」

欠けた椀を子狐の前に置いてやる。

椀に乳が入っているのに気が付くと、子狐は悦び勇んで椀の縁に前肢を乗せた。鼻面を乳に突っ込むが、うまく飲めない。そのうえ、むせてくしゃみをした拍子に椀ごとひっくり返ってしまう。

頭から乳を被ってしまいきょとんとしている子狐に、鐵は溜息をついた。

「折角鹿肉《ししにく》と交換して手に入れた乳を」

毛に付いた乳を舐め始めた子狐を摘まみ上げ、鐵は袖で床にこぼれた乳を拭《ぬぐ》う。子狐をぶら下げたまま外に出る。

いきなり明るくなった視界に、子狐は目をぱちくりさせた。

鐵の暮らす小屋は山の中にあった。南側に小さな畑があるだけで、周囲は木々で囲まれている。

山里から神域のある峰へと登ってゆくちょうど中間地点に位置しており、木立の切れ目からは眼下に山里を望む事ができた。そう遠くないように見えるが、山里まで歩けば小半時はかかる。その為鐵が里と行き来するのは、焼いた炭や余った肉を塩や他の食べ物と交換する時くらいだ。唯一親しく付き合っている月白という男も山里に住んでいるので、何かのついでの時くらいしか会わない。

鐵はあばら屋の前に迫る森へと踏み込み、獣道のような小道を辿《たど》った。やがて細いせせらぎへと行き当たると、無造作に子狐を水に浸ける。

「きゃん！」

「じっとしていろ」

鐵は必死に短い四肢をばたつかせる子狐を洗い始めた。

無骨な指が子狐の全身を這《は》い回る。抵抗虚《むな》しく急所である腹や尻尾まで蹂躙《じゅうりん》され、子狐はぷるぷる震えた。

散々に嬲《なぶ》った末、鐵は子狐を陽当たりのいい岩の上に下ろす。

「疲れたか。乳をこぼすからだぞ。後で残りの乳をやるからしばらく其処でおとなしく待っていろ」

またしてもびしょ濡れになった子狐はぐったりと伸びてしまっており、ぴくりとも動かない。しばらくは動けまいと見て取った鐵は、乳で汚れた直垂をその場で脱ぎ、洗い始めた。

透明だった水が白く濁《にご》り、甘い匂いを放つ。

浅黒く焼けた鐵の肌はなめし革のようだった。木漏《こも》れ陽が揺れる度、光の中に無惨《むざん》な傷痕《きずあと》が幾つも浮かび上がる。直線的な刀傷に、鏃《やじり》を抜いた痕。どれも既に癒《い》えているが、痛々しい事に変わりはない。

「——こんな所か」

鐵が濡れて重くなった着物を絞っていると、きゃんきゃんと情けない声が何処《いずこ》からともなく響いてきた。岩の上で寝ている筈の子狐の姿がない。

「うん？」

見回せば、随分森に寄った場所から、子狐が岩によじ登っては鞠《まり》のように転げ落ちを繰り返しながら逃げてくる。何から逃げてくるのだろうと思ったら、茂みから出てきた雷鳴が灰色の瞳で子狐を見下ろしていた。

子狐は雷鳴から逃げるのに夢中で前を見ていない。勢い余り、また岩の上からせせらぎに転がり落ちようとした子狐を、鐵がひょいと片手で受け止める。

「おとなしくしていろと言ったろう。私の目の届かぬ所に行ったら、おまえなぞすぐ獣に食われてしまうのだぞ」

鐵の言う事がわかっているのかいないのか、子狐は琥珀色の瞳を潤《うる》ませ、ふるふると震えている。

のっそりと近づいてきた雷鳴へと鐵は空いている方の手を伸ばし撫でた。

「雷鳴はおまえと同じ、私が山で拾ってきた獣だ。私がこの山に来たばかりの頃だから、もう四年になるか。おまえを一呑みにしなかった所を見ると、仲間だと承知してくれたようだぞ。そら、挨拶《あいさつ》して、仲良くしろ」

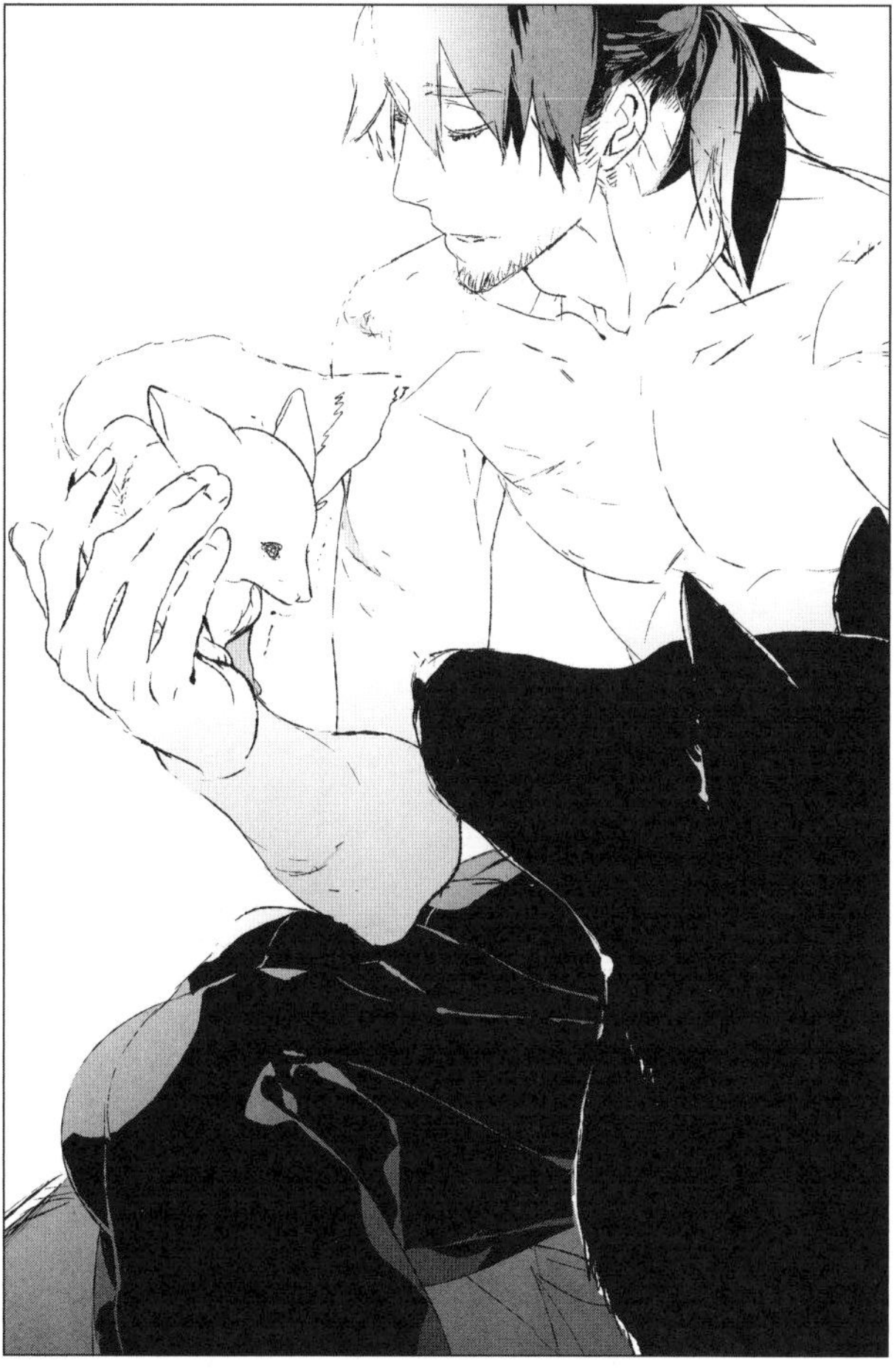

雷鳴の鼻先に突き出され、子狐は全身の毛を逆立たせた。雷鳴が無愛想に顔を舐めると、きゃんと甲高《かんだか》い声をあげ、ぎゅっと目を瞑《つむ》ってしまう。

「……ふ」

ずっと無表情だった鐵の口元が緩む。

簡単に握《にぎ》り潰《つぶ》せそうな小さな軀を目の高さまで持ち上げると、鐵は小さな頭を親指の腹でそっと撫でた。

「おまえの名前は――そうだな、琥珀《こはく》としよう。おまえの目の色の名だ。貴人を飾る玉に用いられる貴石の名でもある」

木漏れ陽が川面《かわも》に光る。岩の上を蜥蜴《とかげ》が逃げてゆく。

子狐の腹がくうぅと情けない音を立て、鐵はくくっと笑った。

「残りの乳をやるとするか」

踵《きびす》を返した鐵に、雷鳴が続く。

どこか遠くで烏《からす》が嗄《しゃが》れた声をあげた。

三、

その日の朝、息苦しさに鐵《くろがね》が目を覚ますと、土間の隅で寝ていた筈の琥珀《こはく》が顔の上にいた。

鐵は無言で子狐を摘まみ上げると、むくりと起き上がった。何事もなかったかのように狩りに出掛け、一通りの日課を済ませる。

帰宅すると鐵は、部屋の隅に投げてあった籠《かご》を拾い上げ、丸めた襤褸《ぼろ》を突っ込んだ。

「そら、此処《ここ》がおまえの寝床だ。わかったか?」

毛繕いをしていた子狐の前に置いてやると、ふんふんと匂いを嗅《か》ぎ始める。

鐵はのっそりと立ち上がり、草鞋《わらじ》を突っ掛け外に出た。子狐が出てしまわないよう戸を閉め、小屋の南側へ回る。

あまり広くない畑には、やせた野菜がしなびた葉を広げていた。陽当たりも悪くないしマメに手入れをしているのに鐵の畑の実りは悪い。

「私には向いていないという事なのだろうな」

小さな溜息を吐き鐵は夕餉《ゆうげ》に使う菜を摘み始める。

鐵はこの山の生まれではない。四年前に此処へ移り住んできた。

此処での鐵の毎日は、静かで変化に乏《とぼ》しく、まるで時が止まっているようだ。

決まり事のように夏が来て、秋が来て、冬が来る。淡々と季節を重ね、鐵はゆっくりと朽《く》ちてゆこうとしている。

黙々と作業をしていると、小屋の方からごとりと何かが落ちたような音がした。

鐵は無表情に立ち上がり、壁際に積んであった薪《まき》を一束摑んで小屋に戻る。

戸を開けると土間に籠と襤褸《ぼろ》が転がっていた。琥珀の姿がない。

「またか。どこへ行った」

足元にでもいられると踏み潰してしまいかねない。鐵は束から焚《た》き付けに使う細い枝を数本抜きながら、素早く周囲に目を走らせる。かすかにごそごそと動き回る気配はあるものの、琥珀の姿は見あたらない。探すのは後回しにして煮炊きをしようと竈《かまど》に手早く薪を放り込み――

鐵はぴたりと動きを止めた。

「うん？」

何かが奥につかえている。手を突っ込んでみると、柔らかなものにぶつかった。

適当に引っ張ってみると、尻尾を摑まれた子狐が床に爪の跡を残しながら引きずり出される。

蜂蜜色だった毛はすっかり煤《すす》で汚れてしまっており、真っ黒だ。

「くしゅんっ、けふっ」

「おまえはまたこんな所に潜り込んでいたのか。焼き狐になっても知らぬぞ」

厭《いや》がる子狐の顔を鐵は袖で擦《こす》ってやるが、汚れは取れるどころか逆に広がるばかりだ。鐵は綺麗にする事をさっさと諦めると、子狐をそのまま籠に戻し食事の支度に戻った。一々対処していたら、一日に何度琥珀を洗っても追いつかないし、汚いくらいで狐は死なない。

琥珀は鐵が背を向けるとすぐさま籠から飛び降り、採光の為開けっ放しになっていた戸口へと向かった。尻尾を勇ましく振りながら、明るい外の世界へと何度目になるかもわからない逃亡を試みる。

だが――。

「きゃん！」

「おお、雷鳴《らいめい》か」

大きな獣がぬっと目の前に現れると、琥珀は大慌《おおあわ》てで鐵の後ろへと逃げ帰った。鐵の踵《かかと》に頭を擦り付け、ぴるぴると耳を震わせている。これでは本当に踏んでしまいかねない。

鐵は子狐を拾い上げて懐に押し込むと、雷鳴へと手を伸ばし耳の周りを掻いてやった。雷鳴は大抵の獣を竦《すく》ませる鋭い双眸《そうぼう》を細め、気持ちよさそうに喉を鳴らす。

「いつもすまんな、雷鳴。おまえも乳を飲むか？」

ひとしきり愛撫した後、琥珀に飲ませる為に毎日もらってきている乳の残りを椀に入れてやると、雷鳴は大きな軀を丸め、舐め始めた。その間に鐵は鍋《なべ》に雑穀《ざっこく》と青菜を放り込み、火を熾《おこ》す。一通り必要な作業をこなした鐵は板の間に上がり、摩滅《まめつ》した板の表面をするりと撫でた。

隅の床板を軽く叩《たた》いて浮かし、一枚を引き剝《は》がす。

床下には丸めた襤褸《ぼろ》が突っ込んであった。

襤褸《ぼろ》を開くと、幾つかの品が現れる。どれも都でしか手に入らないような上等な品々だ。鐵はその中から赤い紐《ひも》と鈴を取り出し、元通り床板をはめ込んだ。

食べ物が煮えるのを待ちながら鈴に紐を通し、あたたかな暗がりで早くも寝息を立てていた琥珀を摑み出す。おとなしく眠っているうちに首に鈴を結びつけてしまうと、鐵は満足げに子狐を眺めた。

「また変な所に隠れられたらかなわぬからな。山里では手に入らぬ品だ、なくすなよ」

指先でつつくとちりりと涼やかな音色が響く。

琥珀を籠に戻し、さて食事にするかと土間に下りかけ、鐵は動きを止めた。雷鳴もまた全身を緊張させ、耳を立てる。

山里の方から慌ただしい足音が一人分近づいてくる。

「くろがねッ」

いきなり戸を開き飛び込んできた男の勢いに、雷鳴がびくりと軀を揺らした。

緊張を解《と》いた鐵は不作法を咎《とが》めもせず闖入者《ちんにゅうしゃ》を迎え入れる。

「月白か。久しぶりだな」

月白は癖のないまっすぐな髪をうなじで結わえ腰まで垂らした壮年の男だ。新しくはないがこざっぱりとした直垂《ひたたれ》を骨っぽい軀に纏っている。

鐵より背が高く、山里の男にしては色が白い。そのせいか知的な印象を見る人に与えるが、今は余程急いできたのか顔を真っ赤に染めぜいぜいと喘《あえ》いでいた。

「鐵、おぬし、神域に入ったな」

月白は挨拶など耳に入らぬ様子で、いきなり鐵を怒鳴りつけた。やたらよく通る声が狭いあばら屋にわんわん響く。

鐵は無表情に月白を眺めた後、何事もなかったかのように目を逸らした。

「ちょうど夕餉《ゆうげ》にしようと思っていた所だ。食っていくか？　そういえば先だって柿を置いていったのは月白であろう。いつもかたじけない。あれはうまかった」

見え透いた誤魔化《ごまか》しをよしとせず、月白は鍋を覗き込む鐵を追いかけてゆくとすぐ後ろに立ち、がみがみと喚《わめ》き立てた。

「誤魔化そうとしても無駄だぞ。澪《みお》が、おぬしが乳と交換する為に薬草を持ってきたと教えてくれた。あれはこの辺りでは神域の奥でしか手に入らぬのだ」

「そうだったか。次から気を付ける」

「何を気を付けると言うのだ！　まさかバレないように気を付けるの意ではないだろうな。あれ程神域には入ってはならんと言ったのに、まったく信じられん奴だ。まさか神域で殺生を行ってはおらぬだろうな」

「そんな事はしていない。狩り場へ行く時通り抜けるだけだ。獲物があった時は別の道で帰るようにしている。神域を穢《けが》してはいない」

水っぽい汁物をよそった椀を差し出され、月白はごくりと唾を飲み込んだ。

「おぬしの言葉、信じていいのだな？　――ところでこれも澪に聞いたのだが、おぬし、き、狐の子を拾ったそうだな」

澪というのは牛を飼っている家の娘で艶やかな黒髪を腰まで伸ばした初々《ういうい》しい姿をしているが、商売についてはなかなかに強《したた》かだった。彼女は初めて乳をもらいに行った時に、懐に抱かれた琥珀を見ている。

「ああ、拾った」

事もなげないらえに、月白は驚くべき食いつきを見せた。

「神域で拾ったのかッ⁉」

「そういえば、そうだったな」

「その狐は何処《いずこ》にッ」

胸ぐらを摑み問い正され、鐵は古びた椀を置いた。籠の中で眠っていた子狐を摑み出し板の間に置く。

月白が大声を出したのにも関わらず、琥珀はまったく目覚める様子がなかった。一刻程前飲ませた乳で丸く膨らんだ腹を晒し、なぜか片方の後肢を浮かしたまま寝こけている。その軀は煤塗《すすまみ》れのままだ。

「む……う……」

月白が低く唸った。

「なぜこのように黒く汚れておるのだ……」

「目を離した隙《すき》に竈に潜り込んでいた」

「かっ、竈に⁉」

「狐の子を拾ったのは初めてだが、犬より手が掛かるな。大喰らいだしちっともじっとしていない」

「大喰らい？　この狐の子は飯を食うのか？」

「乳を晒しに浸して吸わせている。――汁が冷めるぞ」

促され、呆然《ぼうぜん》としていた月白は反射的に器《うつわ》を口に運んだ。その間も切れ長の目は太平楽な寝息を立てる子狐を凝視している。

「一体何をしに来たのだ、月白は」

尋常ではない様子に鐵が水を向けると、月白も椀を置き、長々と息を吐いた。掌で顔を拭い、落ち着きを取り戻そうとする。

「――いや、他から流れてきたおぬしは知らぬだろうが、この山里には古い言い伝えがあるのだ――神域に神が降臨されるという、な。その神が憑代《よりしろ》とされるのが、狐なのだ」

「ほう」

板の間に腰掛けると、鐵は汁を啜《すす》りつつ先を促した。

「実は俺の家は代々その神を祀《まつ》る禰宜《ねぎ》を務《つと》めておってな。神が来訪された折には傍《そば》近くに仕えお世話させていただく役目を賜っておる。今も社《やしろ》や境内《けいだい》の手入れをしておるのだが——数日前、境内に桃が実っているのを見つけてな」

そう言うと月白は椀を置き、袖の中から大きな桃の実を摑み出した。

春はまだ浅く、桃が実るような季節ではない。おまけに桃は見た事がない程大きく、妙なる芳香を放っている。

「この里では、毎年このように立派な水菓子がとれるのか？」

「まさか。大して甘くない小さなのが幾つかなるだけだ。これはと構えていた所に澪の話を聞き、てっきり来《きた》るべき時が来たのだと思ってお迎えに参ったのだが……」

鐵は乾いた眼差しを、ぽやぽやとした和毛《にこげ》に覆われた子狐へと向けた。

「この汚くて手の掛かる子狐が神だと言うのか？」

「むう」

月白は渋面《じゅうめん》となった。

琥珀がくふんと鼻を鳴らし、妙に人間くさい仕草で寝返りを打つ。

「いや、おそらく違うのであろうな。言い伝えによると神は物を食べる事はなかったらしい。

姿も目が眩む程美しかったというし……」

月白の目がまた寝穢《いぎたな》い子狐を見遣《や》る。鐵も珍しく唇を歪め微笑らしきものを浮かべた。

「目が眩む程美しい、か。無理があるな」

食べ物の匂いを嗅ぎつけたのか、琥珀の鼻がひくつき始める。鐵が無防備に晒された腹をつつくと、琥珀は白い四肢の先をびくつかせ、ようやく目を開いた。

ころんと起き上がったものの、半分眠ったようなぽやんとした顔をしている。大きな三角の耳をぴくぴく動かし、気持ちよさそうにあくびをして——琥珀は唐突に月白の存在に気付いた。弛緩していた四肢がいきなり魚のように跳ねる。

「お」

首につけられた鈴がりんと鳴った。

琥珀は汁を平らげている鐵めがけて一目散に駆けつけると、懐に頭を突っ込み、後肢でばたばたと宙を蹴った。無理矢理直垂の中に潜り込み、びくびくしながら上衣の合わせ目から顔を覗かせる。

神々《こうごう》しさの欠片《かけら》もない稚《いとけな》さに、月白が苦笑した。

「神ではないにせよ、可愛い狐だな」

「そう思うなら澪にもう少し安く乳を譲れと言ってくれ」

「はは、あれはしっかり者だからな。足下を見られたか」

「酷いものだ」

　琥珀の耳の間を指で撫でてやりながら溜息をつく鐵に、月白は肩の力を抜いた。

「おぬしがこの山里に来てから四年か。山里の女《おなご》を嫁にでもしない限り、いつまでもよそ者扱いは続くぞ。こんな山中になど住まず、里に住まいを構えたらどうだ？　山里の暮らしに馴染み里人たちと交われば、おぬしに惚《ほ》れる女もいるやもしれん」

「ほう」

鐵は素知らぬ顔で汁を飲み下す。古びた椀がざらついた感触を唇に残す。

「如何な鐵といえど、このような辺鄙《へんぴ》な土地に住まうのは不便であろう？」

「特に不便とは感じぬな」

涼しげに受け流す鐵に、月白は忌々《いまいま》しげに歯噛みした。

「ええい、俺が不便なのだ！　折角こんなにも面白い男がいるのに、小半時も山道を歩かねば話もできぬとは面倒すぎる」

「私などちっとも面白い男ではないと思うが」

「都から来た、それだけでこの鄙《ひな》びた山里では充分面白い部類に入るわ」

鐵の瞳が鈍い光を放ち、月白を射た。張り詰めた雰囲気に、懐の中の琥珀も勇ましく耳を立てる。

「なぜ私が都から来た、と」

「おぬしの立ち居振る舞いを見ればわかる。それにその弓」

月白は壁際に立て掛けてあった弓に目を遣った。

「おぬしの弓は飛びすぎる。都人にはわからぬだろうが、この辺りではまだ弓に竹を使わぬ。木のみで作るのでよう飛ばぬのだ」

鐵はむっつりと唇を引き結んだ。

この山里に身を隠して四年、鐵はいまだ里人たちに馴染んでいなかった。

里人たちが排他的なせいもあるが、鐵自身が里人たちから距離を置くよう心掛けていたせいだ。

わざとそうしていると気付いているのだろう、月白は時々探るように目を眇《すが》め、鐵を見る。

「何を恐れているのか知らぬが、こんな山奥には役人もろくに来やせんぞ。そら水袋を貸せ。明日は俺が乳をもらってきてやろう。その代わり山菜採りに行くのに付き合え。いい場所を知っておるのだろう?」

鐵は大仰《おおぎょう》に眉を顰めて見せた。

「おまえも私の足下を見る気だな」

「おうとも。利用できるものはせねばな」

月白の闊達《かったつ》な笑い声があばら屋を震わせる。鐵は目を伏せ、懐に抱いた琥珀を着物の上から撫でた。

――鈍い男ではないとは思っていたが。

思っていた以上に鋭い推察に、警戒心が刺激される。

琥珀が懐から顔を出し、鐵を見上げた。鐵が物憂《ものう》げに顔をつついてやると小さな舌でちろりと舐め返し、頭を擦り付けてくる。

「ふむ、よく馴れておるのう。鐵、ちと俺にも触らせてくれぬか」

椀を置いた月白がずいと身を乗り出し、鐵の懐に手を突っ込んだ。びっくりした琥珀は舐めるどころか、月白の手に小さな牙を突き立てる。

「たっ、この子狐は主そっくりだな。偏屈《へんくつ》で愛嬌《あいきょう》というものがない」

「……ふ」

毒づく月白に鐵が吹き出す。琥珀は鐵の懐に隠れながら毛を逆立てふーふーと威嚇《いかく》している。

普段ほとんど表情を変えぬ男の笑みに、月白の目元にも小皺《こじわ》が寄った。土間に寝そべっていた雷鳴がぱたりと一度尻尾を揺らす。

開け放たれた戸の外の景色は赤から紫へと染まり、穏やかな一日が終わろうとしていた。

＋　＋　＋

ぎいんと鋼が打ち合わされる音が響く。

闇の中で何かがひらり、きらりと光る。追っ手が手にした抜き身の刀が光を反射しているのだ。

周囲は敵の気配で満ちている。安全な場所などどこにもない。

時々襲い来る白刃《はくじん》を機械的に受け流し、斬《き》り払い、男は黒い影のように雑木林の中をただ駆け続ける。

——私は一体どこへ行こうとしているのだ——？

無数に刻まれた傷からは血が止《と》め処《ど》なく溢《あふ》れ、男の瞳は光を失っていた。

——この場をしのげたとて、行く場所などない。

信じていたものを失った男の心は絶望に塗り潰されている。

いっそ此処で果ててしまえば楽になれるのだろうに、死を恐れる本能が、男の卓越した技がそれを許さない。

はあっ、はあっ、はあっ、はあっ……。

不意に踏みしめる地面が消え、男の軀は深淵《しんえん》に投げ出された。逆巻く闇があがく男を呑み込み、何処《いずこ》へともなく運んでゆこうとする。

あらがう術《すべ》もなく押し流されてゆく男の視界に、白いものが入った。ちらちらと揺れながら燐光《りんこう》を放っている。

——桜？

ふと見上げた空はもう、闇で塗り潰されてはいなかった。光るはなびらが後から後から降ってきて、男を包み込む——。

+ + +

薄闇の中、鐵はカッと目を見開いた。

心《しん》の臓《ぞう》が早鐘のように脈打っている。軀が熱く、呼吸が苦しい。まるで本当につい先刻まで逃げまどっていたかのようだ。

——夢を、見ていた。

都を出てから鐵に呪《しゅ》のように纏わりつく悪夢だ。いつもなら、夢はもっと長く続く。鐵に気も狂わんばかりの苦しみを再び味わわせる。

だが今日の夢は違った。

鐵は長く息を吐く。何度か瞬き——すぐ眼前に二つ点《とも》った金色《こんじき》の光に気が付く。

うっすらと無精髭の浮いた顎に、ふにふにと柔らかな肉球が二組乗っている。ちょうど鐵の鎖骨《さこつ》の上に後肢を踏ん張り、琥珀が鐵の顔を覗き込んでいるのだ。

「……またおまえか。折角寝床を設《しつら》えてやったのにどうした」

鐵の声に反応し、琥珀は小さく首を傾けた。

あばら屋に充満する闇の中に、ちりりと鈴の音が響く。


—ーー鈴の音は、魔を祓《はら》うといわれている。

身を屈《かが》めさりりと顔を舐めてきた子狐を、鐵は両手で捕らえた。腹筋だけを使って起き上がると、軀の上に掛けていた着物がするりと落ちる。

「もしやわざと起こしてくれたのか……？」

鐵は怖い程軽い軀を目の高さまで持ち上げ問うてみたが、いらえはない。妙に無機質に感じられる金色の光がただ鐵を映しているだけだ。

乳をたらふく飲ませているからか、子狐はどこか甘い匂いがする。

鐵は子狐の小さな軀をそっと抱き締め、頬擦りした。

柔らかなものの感触に、悪夢のせいでささくれた気持ちが丸みを帯びてゆく。

——小さくてあたたかな生き物はいい。

——いるだけで心が慰《なぐさ》められる。

「何にせよ、おまえのおかげで助かった」

悪夢はいつも鐵に嵐をもたらす。

夢を見た後は気が高ぶり、朝までまんじりともせず過ごすのが常だ。夢に喚起され胸の裡《うち》に止め処なく湧《わ》き起こる恨《うら》みつらみのどす黒さに、本当に鬼になってしまうのではないかと恐ろしくなった事も一度や二度ではない。

だが今、千々《ちぢ》に乱れていた筈の心は凪《な》いでいた。

「ぬくい、な……」

もぞもぞし始めた子狐に耳たぶを甘噛みされ、鐵はごろりと仰向けに寝転がる。

——夢には桜の花が出てきた。

はらはらと舞い散る無数のはなびら。今までそんなものが悪夢に紛れ込んだ事はない。

桜といえばと、鐵は目を伏せる。

初めて主への目通りを許された日にも、桜の花が咲いていた。

遠い昔の出来事が鐵の脳裏に去来する。

かつて鐵は都で貴人に仕える武士《もののふ》だった。

今でもはっきり覚えている。鐵は桜の舞い散るなか、父に連れられ御所の奥へと足を進めた。

貴人の目を汚さぬよう庭の隅を縫うように歩きながら、鐵は初めて目にする衣冠《いかん》に身を包んだ公達《きんだち》や裾《すそ》を引きずる女房の雅な装いに目を奪われていた。

主は庭先で桜を見上げていた。父に倣《なら》い地面に膝を突きながら、鐵は同じ男とは思えない程美しい貴人の姿を盗み見た。主には女性とも違う、まるで存在自体が自分たちとは違うのではないかとすら思わせる別格の美しさがあった。

父の呼びかけに応じ主が振り向く。

「ほう、矢中《やなか》の倅《せがれ》か」

主の声は涼やかで、物腰は気品に満ち溢れていた。

――あのお方には神の血が流れておるのだ。尊きお方だ。命を捨ててもきっとお守りするのだぞ。

鐵の父は主に傾倒していた。飢《う》えかけていた一族に目を掛け引き上げてくれたのが、帝《みかど》の第二皇子であった主だったからだ。

恩人であるというだけではない。

主はあらゆる事に秀でていた。博識で歌を詠《よ》むのもうまく、優雅でそつのない立ち居振る舞いが同性をも魅了する。

声を荒げる事も、無体な命を下す事もなく、歌を詠むような柔らかな声音で下々を動かす。時々首を傾げたくなるような出来事もなくはなかったが、仕える者は皆、主を崇拝《すうはい》し、誇っていた。

鐵もまた、そうだった。

主が特に重用してくれた事もあり、鐵はまるで恋でもしているかのような盲目さで主に仕えた。

——あの日が来るまでは。

〝殺せ〟

敬愛する主はそれはそれは美しい笑みを浮かべ、あっさりと鐵を切り捨てた。

交わした言葉も忠実に仕えてきた年月《としつき》も、何もかも初めからなかったかのように。

鐵は抗弁《こうべん》する機会すら与えられず追われた。なす術なく運命の奔流《ほんりゅう》に押し流された末、鐵はこんな山の中に流れ着いた。

——あの方は神などではなかった。目に見えていたものは皆、まやかしに過ぎなかった。

鐵は目を閉じたまま、子狐の背をまさぐる。

「いっそ私も獣であったなら、あれこれと思い煩《わずら》わずに済んだのだろうがな」

追憶に耽《ふけ》る鐵の手を琥珀がちろちろと舐め始める。鐵は小さく息を吐くと、軀を弛緩させた。着古した着物を通してじんわりと伝わってくる小さな獣のぬくもりが、ささくれ立った心を癒やしてくれる。

まだ朝は遠い。

琥珀を胸の上に乗せたまま鐵はとろとろと穏やかな微睡《まどろ》みに落ちていった。

＋　＋　＋

翌朝、鐵は妙な息苦しさに目を覚ました。

――重い。

重石《おもし》のようなものが軀の上に乗っている。

「ん――むう……」

低く唸って軀をよじると、ひどくあたたかく柔らかなものが胸の上から転がり落ちた。とっさに片手で受け止めて、鐵は凍り付く。

――なんだ、これは。

鐵の腕の中には、乳離れするかしないかという年齢の幼《おさ》な子《ご》がいた。

手も足もむちむちと肥《こ》えており、貴人のように綺麗な餅肌をしている。首に赤い組み紐で鈴を結んでいる以外は丸裸だ。鐵の上から転げ落ちたのに気付きもせず、くうくうと眠っている。

あたたかな枯れ葉色の髪の間から奇妙な三角形のものが突き出ているのに気が付き、鐵は首を傾げた。

「――耳、か？」

眠りから覚めようとしているのか、それはひくひくと動いていた。子狐の頭にあったのと同じ、蜂蜜色のつやつやとした毛並みが外側を覆っている。

それだけではない。幼な子の尻には太い尻尾まで付いていた。

「ん――――」

目が覚めたのだろう、薄墨で撫でたような眉を顰め、幼な子は思い切りよくぱちりと目を開く。少し垂れ気味の眼《まなこ》が愛らしい。瞳の色は黒ではなく、見慣れた琥珀色だ。

琥珀色――神域で拾ってきた子狐の目の色。

「……まさ、か……、琥珀、か?」

恐る恐る尋ねてみると、幼な子はふにゃりと笑った。

「あー」

鐵は怯《ひる》んだ。

こんな小さな子の扱い方など知らない。

幼な子は小さな拳《こぶし》で目元をこしこし擦り愛らしいあくびを一つすると、むっちりとした手で着物を摑み鐵の膝へと這い上がってきた。鐵の懐へと頭を突っ込もうとするが、もちろん掌に乗る程の子狐ではなくなってしまった琥珀にはうまく潜り込めない。それでもなんとか入り込もうとじたじたしている幼な子をどう扱ったらいいのかわからず、鐵は両手を浮かした。

この幼な子は、間違いなく琥珀だ。

常ならばこのような怪異など信じられるものではないが、この地には獣の形の神が降臨されるという。

　神ならば狐から幼な子へと変化《へんげ》しても不思議ではない。

「月白に見せればはっきりする、か？」

　琥珀はいつの間にか直垂の前をすっかり引っ張り出し鐵の懐に潜り込んでいた。得意満面で耳をぱたぱた動かし、軀を揺すっている。

　だが何に気を取られたのか、ぴんと耳を立てるなり、折角入った鐵の懐から這い出した。ぺたぺたと板の間を這い、いつも乳を入れてやっている椀の前に座り込む。両手で椀の縁を摑んで覗いてみて、中が空だとわかると、幼な子は哀《かな》しそうに目を潤ませ鐵を見つめた。

「くろぉ……」

「うん？　どうした。腹が減ったか」

　月白が神は物を食わぬと言っていたが、幼な子は何か食べたいようだ。人の姿になっても琥珀は琥珀らしい。

　鐵はすっかり緩んでしまった直垂を直しながら立ち上がると、月白が置いていった桃を取ってきた。皮を剝き、腰刀で小さく切ってやる。

「そら、水菓子だ。食え」

　口元に差し出すと、乳以外与えられた事のない琥珀は厭そうな素振りを見せたが、口に押し込んでやると甘いとわかったのだろう、ぱあっと顔を輝かせた。

「くふふ」

幸せそうに見つめられ、鐵は眉間に皺を寄せる。なんだか妙にむずがゆい気分だ。

こくんと口の中のものを呑み下した琥珀が両手を伸べる。

「くろ、くろ」

あーんと開けられた琥珀の口に、鐵はもう一欠片桃を入れてやった。

「甘いであろう？　気に入ったか」

口の端から溢れる涎《よだれ》を指で拭ってやると、琥珀が満足げに目を細める。

「しかし水菓子ばかり食わせる訳にはゆかぬな」

まずは月白の元へ連れてゆこう。そう思い定めると、鐵は上掛け代わりにしていた着物を引き寄せ、裸の幼な子を手早くくるんだ。

「くろぉ？」

舌足らずに名前を呼ばう声が耳に甘く響く。鐵は腰刀だけを差すと、慣れぬ手つきで琥珀を抱きあばら屋を出た。

時刻はもう午《ひる》近く、青い天蓋《てんがい》が空を覆っている。

「くぅろ――？」

鐵は足早に山道を下り始めた。ようやく春らしくなった山の緑は鮮やかだ。琥珀の大きく開いた澄んだ眼《まなこ》には美しい山の景色が映っている。

梢の間から漏れ入る陽差しは強く、眩しい。濃い緑と水の匂いが物珍しいのだろう、琥珀の鼻は楽しげにひくつき、耳も前に後ろにと忙《せわ》しく動き続けている。

山道をいつもの半分の時間で走破すると、鐵は山里でも一際《ひときわ》大きくて立派な屋敷へと飛び込んだ。

「月白！」

囲炉裏端《いろりばた》に座って桃を囓《かじ》っていた月白が顔を上げる。

「んん？　おぬしが朝っぱらから顔を見せるとは珍しいな。どうした」

土間にはもう一人老婆がいたが、入ってきた鐵を見ると厭な顔をしてそそくさと出ていってしまった。

「む……邪魔《じゃま》をしてすまぬ」

「はは、構わぬ」

月白が山里には珍しい綺麗に揃《そろ》った歯で桃を噛みちぎる。

鐵はつかつかと足を進めると、泰然《たいぜん》と座す月白の前に琥珀を突き出した。

琥珀が宝玉のような瞳をぱちぱちと瞬かせる。

「なんだおぬし、子がおったのか——？」

月白は一瞬にやついたが、琥珀の頭の上にぴんと立った蜂蜜色の耳に気が付いた途端顔色を変えた。骨ばった手から食べかけの桃が落ちる。

「鐵、おぬし、それは――いや、このお方は――」

「朝、目が覚めたら、琥珀が――いや拾った子狐がこうなっていた」

鐵が板の間に下ろしてやると、琥珀は早速月白が落とした桃を目指しはいはいを始めた。いい加減に軀を包んでいた着物が落ち、水蜜桃《すいみつとう》のように瑞々《みずみず》しい尻や太い尻尾が露《あら》わになる。

「……なんと。これぞまさしく狐神様……！」

「狐神、様？」

初めて聞いた言葉を、鐵は口の中で嚙みしめるように繰り返した。

狐神様。

月白の様子を見るに、やはり琥珀は神であったらしい。

一方琥珀は囲炉裏の側にぺたりと座り込むと、目をきらきら輝かせ鐵を振り返った。むっちりとした手の中には、囓った跡のある桃がしっかりと握られている。

「くーろ？」

食べていい？　と。期待に満ちた眼差しを向けられ、鐵は目を逸らした。

「これが神であるならば――禰宜であるおまえに渡すべきなのだろうな」

神は崇《あが》められるべき存在。鐵のように貧しい暮らしを送る人間の傍に置くべきではない。

硬い口調に咎められているのだと思ったのか、琥珀は眉尻を下げ桃と鐵を交互に見つめた。

月白が姿勢を正し、鐵に頭を下げる。

「可愛がっていたのにすまぬが、そうしてくれるか？　大事に育て奉《たてまつ》ると約束する。狐神様に使っていただく為の御衣《おんぞ》も御座所《おましどころ》も我が家には用意してあるのだ」

「そうか」

僅かに口元を歪め、鐵は乱れた前髪に隠された闇色の目を伏せた。

鐵の住むあばら屋の板の間は砂っぽく、天井の隅には蜘蛛《くも》の巣さえ張っていた。隙間風《すきまかぜ》も雨漏りも酷い。山の中だから夏は涼しいが、冬は凍えそうな程寒くなる。

煤《すす》で汚れたままの籠も襤褸《ぼろ》も、獣ならともかく神にふさわしい寝床ではない。

月白に渡すのがこの子の為になるのだろう。

不穏な雰囲気を察したのか、桃を放り出した琥珀が鐵の元へと這い戻ってきた。尻尾を振りながら両手を伸ばし、だっこしてくれと要求する。

鐵は小さな軀を抱き上げると、柔らかな猫っ毛を撫でつけてやった。

――――手放したくないな。

ふと頭を過《よぎ》った考えに、鐵は瞬《またた》いた。

子供などいても手が掛かるばかりなのに、何を考えているのだろう。

共に過ごした短い時間に愛着が湧いたか。あるいは愛くるしい姿に魅了されたのか。

それとも――と、昨夜の事を思い出し、鐵はほろ苦い感情を嚙みしめる。

悪夢の夜を、共に過ごしてくれたからだろうか――。

いずれにせよ、自分の手許に置く事はこの子の為にならない。ならばする事は決まっている。

これが最後と思いつつ、柔らかな肌に頬擦りし、鐵は目で月白に合図した。

月白がおもむろに膝を進める。

差し伸ばされた腕の中に鐵は琥珀を渡した。空っぽになってしまった腕をだらりと両脇に垂らし、一歩下がる。

月白の腕の中、琥珀が不思議そうに鐵を見つめた。

「くろ?」

鐵の方へと手を伸ばし、戻ってこようとする。

だが月白は琥珀を下ろそうとしない。

鐵にも抱いてくれようとする様子がない。

——なんで?

見ている大人には琥珀の心中が手に取るようにわかった。

小さな四肢が力み、少し垂れ気味の目尻にみるみるうちに涙が盛り上がってくる。

大きく息を吸い込むと、琥珀は本格的に暴れ始めた。

「くろ!　くろ、や!　やー、くろ……っ」

小さな足をばたつかせ、琥珀は鐵を呼ぶ。尻尾で所構わず月白を打つ。

「や———っ!」

まるでただの幼な子のように琥珀は叫んだ。身をくねらせ逃れようとする狐神に閉口した月白が鐵を見遣る。

「鐵、すまん」

鐵は無言で踵を返した。

鐵が此処にいたら、琥珀はいつまでも諦めがつかず泣き続けるだろう。

常ならぬ泣き声に何事かと様子を覗きに来た女衆が、小汚いなりをした鐵に気が付いた途端ぎょっとして左右に分かれる。鐵は無言で女たちの間を通り表へ出て、一日足を止めた。

このまま山のあばら屋に帰ろうか。

屋敷の中から聞こえてくる琥珀の悲痛な泣き声は、ひどく胸に堪《こた》える。

だがどうにも立ち去り難く、鐵は月白の屋敷を回り込んだ。

せめて琥珀が泣きやむまでは此処にいよう。

立派な沓脱石《くつぬぎいし》が据えられた縁側の端から、鐵は様子を盗み見る。

屋敷の中では琥珀がやってきた女衆に囲まれていた。

「どうしたんだい、月白様。この子月白様の隠し子かい？」

「あれまあ、何言ってんだよ鳥子《ちょうこ》、この子尻尾があるよう。狐神様だよ。狐神様が降臨されたんだよ」

「まあまあ、めんこいお姿だこと——」

琥珀は見知らぬ人々に怯《おび》え、月白の腕の中でぷるぷる震えている。

一向に泣きやもうとしない琥珀に閉口した月白が、姦《かしま》しい女衆に助けを求めた。

「すまぬが、子を泣きやませるのはどうしたらよい」

「あはは、ちょっと貸してごらんよ」

女の一人が琥珀を取り上げる。子を育てた経験があるのだろう、女の抱き方は堂に入っていた。甘ったるい声をかけながら、小さな軀を揺すり始める。

「そうらいい子だ、狐神様。待ってな、今おいしいものをあげるよ。綺麗なべべもあげようねえ」

他の女が放置されていた桃を拾い上げ、与えようとする。

だが琥珀は唇を引き結び顔を背《そむ》けた。ぽろぽろと涙をこぼしながら、女の腕から逃れようとそっくり返る。

「くろ……っ、うぇ、くろお……っ」

鐵は縁側から離れ、壁に寄り掛かった。もう少しの辛抱と、瞼《まぶた》を伏せ泣き声がやむのを待つ。神とはいえ、琥珀は身も心も幼な子のようだ。そのうち疲れて泣くのをやめるだろう。立派な月白の屋敷で鐵では与えられぬ馳走《ちそう》を捧げられ、甲斐甲斐《かいがい》しく世話を焼かれれば、きっと何日も経たぬうちに鐵の事など忘れる。

誰もがそんな風に軽く考えていたのだが——。

「つ、月白様っ、狐神様が……っ！」

突如、屋敷の中から女の悲鳴があがった。

胸郭《きょうかく》の奥で、どくんと心臓が跳ねる。

鐵は素早く身を翻《ひるがえ》し、屋敷の中を覗き込んだ。

囲炉裏端では、女が抱いていた琥珀を投げるように月白の腕に返した所だった。とっさに受け止めた幼な子を見下ろした月白の顔色が変わる。

丸裸のままだったおかげで、ありありと見て取れた。いきんだせいで桜色に染まっていた肌が、漂白されたように白くなってゆくのが。

琥珀の存在感がみるみるうちに薄くなり、幽霊のように向こう側が透けてゆく。

白い月の光を浴びながら皇子が語った言葉が鐵の耳の奥に蘇《よみがえ》った。

——獣の形の神は——消えてしまうそうだ——。

月白が勢いよく立ち上がった。

「誰かっ、誰か鐵を呼んでこいっ」

呼ばれるまでもなかった。

鐵は縁側に手を突いて、屋敷の中へと軀を跳ね上げた。

蹴り脱いだ草鞋《わらじ》が庭先へと落ちる。

床板を蹴り距離を詰めると、鐵は月白の腕の中から琥珀をひったくるようにして奪い取った。

「――――琥珀っ！」

腕の中の小さな躯がさっき抱いた時に比べ信じられない程軽くなっている事に、鐵は慄然《りつぜん》とする。

鐵の顔を目にした途端、琥珀がつぶらな目を大きく見開いた。大きく息を吸い込んで、また顔をくしゃくしゃにする。

「うぇえ、くろぉ……」

まるで、夢を見ているかのようだった。薄くなっていた姿が一瞬で元に戻り、ずしりと重くなる。

「よかった、まだいてくれたか、鐵。狐神様はおぬしに返すぞ」

月白の額は冷たい汗でしっとりと湿っていた。

琥珀がべそをかきながら必死に両手を伸ばす。もう離さないとばかりに鐵の蓬髪《ほうはつ》を握りしめる。

鐵は熱く湿った躯をしっかりと胸に抱いた。

「……もう置いていったりはしないから、離してくれぬか、琥珀」

不器用に躯を揺すってなだめようとするが、琥珀はえぐえぐとしゃくり上げるばかりで泣きやまない。

強く髪を引っ張られ、鐵は更に近くへと身を寄せる。目の前にある琥珀の頬は止め処なく流れる涙でべたべただ。

——どうしてこの子はこんなにも泣くのだ?

鐵にはわからなかった。

拾ってきてから殊更《ことさら》優しくしてやった覚えはない。

自分は小汚い、鬼のような男だ。無愛想だし、子供に慕われるような所などどこにもない。

それなのにほんの一時引き離されただけで消えそうになるとは。

乳臭い匂いを嗅いでいると、じわじわとあたたかいものが胸の裡にせり上がってくる。

気が付くと鐵の手は細かく震えていた。

——これはなんだろう。

鐵は琥珀の背中をぽんぽんと軽く叩き、揺すった。そうしながら己の心の裡を覗き込む。

私はこの子を、どうするつもりなのだ。

山の暮らしは厳しい。琥珀を養おうとすれば鐵自身が飢えかねない。

だがもう鐵には、泣きじゃくる琥珀を月白に引き渡す事などできそうになかった。

——ああ、愛しい、とはこういう気持ちだったろうか……。

まるで本物の親子のように抱き合う二人を眺め、月白は腕を組んだ。

「まさか消えそうになるとはな。狐神様は余程おぬしが好きらしい。悪いが、これからもおぬしが狐神様の面倒を見てくれぬか」

「それは構わぬが、よそ者の私に任せていいのか？　それに私には、この子に腹いっぱい食わせてやれるだけの蓄えはないぞ」

鐵は腕の中の幼な子を見下ろす。

泣き喚いて疲れたのだろう、琥珀はぐずりながらも目をとろんとさせている。

「むろん、できる限り手は貸す。よそ者であろうと構うものか、狐神様がおぬしを選んだのだ。誰にも文句は言わせぬよ」

――それならなんとかなるだろうか。

鐵は琥珀を抱えたまま、囲炉裏端に腰を据えた。月白が言葉をかけると、何か言いたそうな顔で鐵を眺めていた女衆が散ってゆく。

月白が鐵の向かいにどっかと腰を下ろした頃には、琥珀は舟を漕《こ》ぎ始めていた。

「ようやく落ち着いたか。さても大騒ぎであったな。肝が冷えたぞ。今代の狐神様は随分と型破りであらせられるようだ」

「そうなのか？」

もみじのような手をおそるおそる開かせ、鐵はようやく摑まれていた髪を取り戻した。

「歴代の狐神様は、喜怒哀楽が乏しく、自ら何かを要求される事もない人形のようであられたと伝え聞いておる。だからこそまめまめしく気を配ってお仕えせねばいけないのだと」

「そうか」

鐵は琥珀の満面の笑みを見た。力の限り泣き叫ぶのを聞き、鐵を慕い伸ばされる掌を痛い程感じた。

この子は人形などではない。

「狐神様は水菓子が気になるようであらせられたな」

「腹が減っているからな。目覚めてすぐ里に下りてきたから、まだ朝餉《あさげ》を口にしていないのだ」

「それはお可哀想に」

月白が囲炉裏に火を熾し、鍋をかけた。雑穀ではなく米を用いて朝餉の支度を始める。

鐵は寝入ってしまった琥珀を膝の上に下ろし、落ちていた着物でくるんでやった。琥珀は真っ赤に染まった頰を涙で汚したまま、すうすうと寝息を立てている。時折耳をぴくぴく動かしながら。

「時に鐵、こはく、こはくと狐神様の事を呼んでいるが、おぬし狐神様に名前をつけたのか？」

濡らした手拭いで琥珀の頰についた涙の跡を拭いてやろうとしていた鐵が顔を上げた。

「ああ。もしや名をつけるのも月白の役目だったのか？」

「いや、そんな事はない。ただ狐神様の事は狐神様とお呼びするものだと伝え聞いておった。この狐神様は初めて名前を持つ神となられたのやもしれぬぞ。しかし琥珀とは気が利《き》いた名をつけたな。小さな生き物を封じ込めた飴色《あめいろ》の玉の事であろう？」

里に住む者は贅沢品《ぜいたくひん》と縁遠い。ましてやこの山里は非常に辺鄙《へんぴ》な山奥にある。

「よく知っていたな」

驚いた鐡に、月白は煮えた米をよそってくれた。

「は、田舎者と馬鹿にするなよ。そら食え」

久しぶりに食う米を、鐡は舌鼓《したつづみ》を打ち味わう。月白はしばらく鐡が遅い朝餉をむさぼるようにしたためる様を眺めていたが、やがて立ち上がり、家の奥へと消えた。幼な子にちょうどよさそうな小さな白い着物を持って戻ってくる。

「狐神様の為に用意しておいたものだ。目覚められたらこちらをお召しいただけ。今、湯を沸かしておるからな。いい天気だし、庭で沐浴《もくよく》していただくといい」

「すまぬな」

「なんのなんの」

狐神様が現れたという話が広まったのだろう、開けっ放しにされた戸の向こうには数人の里人が集まり、屋敷の中を覗き込んでいる。琥珀を見たいのだが、よそ者である鐡がいるので躊躇《ちゅうちょ》しているらしい。屋敷の中まで入り込んでこようとはしない。

やがて眠っていた琥珀が、ん、と小さな声をあげた。尻尾の先がひくりと動き、目がきゅっと瞑られる。

「んんん……」

「目が覚めたか、琥珀」

鐡は背中を丸め、琥珀の顔を覗き込んだ。琥珀はまだ眠たげな顔をしきりにふくふくとした拳で擦っている。

「くろー?」

甘い声で呼ばれ、鐡は目元を緩めた。ひょいと琥珀の軀を抱え起こし、囲炉裏に向かって座らせる。

「月白が飯を用意してくれた。食べるか?」

「ん」

ずっと煮込んでいた米の残りは粥《かゆ》となっていた。月白が卵まで落としてくれた粥の椀を受け取ると、鐡は少しだけ匙《さじ》ですくう。吹いて冷ましてから差し出すと、琥珀は雛鳥《ひなどり》のように口を開けた。

「うまいか?」

口の端からこぼれた粥を不器用に指で拭いてやりながら尋ねると、琥珀は頭を仰け反《のぞ》らせ、にこーっと笑った。一刻前まで泣き喚いていたとは思えぬ晴れやかな笑みに、鐡の心も軽くなる。

「そうか」

琥珀が椀に半分程盛られた粥を全部平らげると、鐵は小さな軀を抱き上げ縁側へと移動した。庭先には緑の絨毯《じゅうたん》が広がり、蓮華草《れんげそう》が咲いている。その向こうは月白の畑が広がり、貧相な鐵の畑とはまるで違う勢いで葉を茂らせていた。

午寝《ひるね》する前の事を思い出したのだろう、琥珀はしっかりと鐵の直垂を握りしめている。身動きがとれない鐵に座っているように言い、月白が大きなたらいを運び出してきた。ちょうど人肌の温度の湯を満たし、琥珀をたらいの中に下ろす。

「綺麗にしてやるから手を離せ」

優しく、だが強引に琥珀の手を取り、鐵は己の着物から引き剝がした。月白に渡された真新しい晒しを広げ、琥珀を洗い始める。

陽光を浴びた湯の表面がきらきら輝き、目が痛い程だった。

「そうだ、そうやって優しく肌を拭って差し上げろ。幼な子は汗をよくかくからな。一日に一度、こうやって清めるのだ」

一歩下がった所で腕組みをし偉そうに見下ろしている月白に、鐵は異議を唱えた。

「毎日だと？　そんなに子を沐浴させるなどという話は公家《くげ》の館でも聞いた事がないぞ」

「狐神様をその辺の子らと一緒にするな。これは清めなのだ、手を抜くでないぞ。今はまだ幼な子だから大事をとって湯を使うが、本来は清水を浴びる」

涙と鼻水でぐちゃぐちゃになった顔をぐいぐいと拭われ、琥珀はいやいやと首を振る。

庭、といっても山里の事だ、なんの仕切りもない。いつの間にか更に多くの里人たちが集まり、遠巻きに沐浴する琥珀を眺めている。

里人たちの存在に気が付いた途端、琥珀は落ち着かなくなり鐵に縋りつこうとした。直垂の前をずぶ濡れにされ、鐵は眉間《みけん》に深い皺を刻む。

「こら、私まで濡らすな」

やんわりと叱《しか》られ、琥珀はしおしおと耳を垂らした。

「狐神様はまだ幼いのだから、そんな事で怒るな。ついでにおぬしももう少し身綺麗にしたらどうだ。そんな汚い格好をしているから女子供に恐れられるのだぞ」

今度は月白が目を吊り上げる。鐵はそっけなくそっぽを向いた。

「私はそれで一向に構わぬ」

実際鐵は里の女に興味を抱いた事など一度もなかった。子らに鬼と囃《はや》されても、なんの痛痒《つうよう》も感じない。

琥珀がすっかり綺麗になると、一人の女が前に出てきた。晒しで拭いてやろうとするが、琥珀はたったそれだけで恐慌状態に陥《おちい》ってしまい、叱られた事も忘れ鐵にしがみつく。

「や……やっ」

「やれやれすっかり嫌われてしまったものだな。鳥子、それは鐵に渡せ。狐神様のお世話は全て鐵がする」

女は不服そうだったが、月白には逆らえないらしい。躯を拭く為の晒しを鐵に渡すと、元の集団へと戻ってゆく。

「侍女にでもなった気分だな。——琥珀、立っていられるか？」

鐵は琥珀をたらいから出し、蓮華草が咲く緑の絨毯の上に立たせせた。柔らかな猫っ毛や瑞々しい肌を丁寧に拭き、最後に白く清潔な着物を着せ掛け腰帯を結ぶ。

「さっぱりしただろう？」

返事の代わりに琥珀が抱きついてきた。胸元に頬をすり寄せられ、鐵はおずおずと頭を撫でてやる。

「次はこちらにお連れしろ」

月白に促され、鐵は琥珀を抱き上げた。山里を出て、険しい山肌を縫うようにして延びる石段を上っていく。

鐵は今まで此処にこんな道がある事を知らなかった。

人が二人並んで歩くのがやっとの石段は鬱蒼と茂る木々に半ば隠されていたが、綺麗に掃き清められ、きちんと手入れされている事が見て取れる。鐵から少し遅れ、里人たちもぞろぞろとついてくる。

きょろきょろと辺りを見回すのに夢中な琥珀の躯を揺すり上げ、鐵は九十九折《つづら》りになった石段の先を見上げた。

木々の間にひっそりと建つ白木の鳥居《とりい》が、其処《そこ》に神域があるのだと知らしめている。石段を上りきると、眼前に思いの外広い境内が開けた。端に桃の木が一本あり、花と実を同時に付けている。驚くべき奇跡に、鐵もまた神のなせる技だと思った。

奥には小振りの社がそびえている。

涼しげな木陰に建つ社は綺麗に掃除され、扉は全て開け放たれていた。中には畳が一枚敷かれ、神が座す為の神座《しんざ》が設えられている。その前には供物《くもつ》を盛った三方《さんぽう》が並んでいた。

「鐵、狐神様をあちらへ」

月白に言われるまま、鐵は脇の階段から社に上がる。琥珀を真新しい畳の上に下ろすと、すかさずもみじのような手が鐵の袖を捕らえた。置いていっては厭だと目で訴えられる。

「……月白」

また大泣きされては格好が付かないが、社の中にいるのも畏れ多い。鐵は月白を振り返った。

「構わん。おぬしは狐神様のお付きだからな。お傍に控えておれ」

そんな事をしている間にも里人が次々に前に進み出ては、供物を空いている場所に並べてゆく。神酒《みき》に米、桃に大根、麻布や鶏《にわとり》が入った籠もある。

鐵が畳の斜め後ろに膝を突くと、置いていかれないとわかったのか、琥珀は興味津々、供物を検分し始めた。畳から下りて這い進み、一つ一つの品をしげしげと眺める。時には手を伸ばし、ちょいちょいと触ってみたりもする。桃を見つけると、嬉しそうに顔を輝かせ嚙り付いた。

里人たちが持ってきた物を全て供え終わると、幣《へい》を携えた月白がおもむろに前に進み出た。神妙な顔で狐神様の来訪を慶《よろこ》ぶ祝詞《のりと》を唱え始める。よく通る声が山に朗々と響き渡った。

鐵は一段高い位置にある社の中から、里人たちの様子を眺めた。

琥珀は彼らにとって本当に神らしい。

もちろん耳や尻尾のある人間などいる筈がないのだから疑っていた訳ではないのだが、普段鐵に冷淡に当たる村人たちが一様に頭を垂れかしこまっている様を目にして、鐵は不思議な感慨を覚えた。一方で峻厳《しゅんげん》な雰囲気にもまるで頓着《とんちゃく》せず、心の赴くまま動き回る琥珀は鐵の目にはやはりただの幼な子にしか見えない。

だがこの子は自分を慕ってくれているらしい。

ならば心を尽くして仕えようと鐵は思った。

琥珀は籠の前にぺたりと座り込んで鶏を一心に眺めている。その姿はとても稚《いとけな》く、か弱い。

＋　＋　＋

「とりあえず、神饌《しんせん》は狐神様のもの、つまりお世話をするおまえが好きにして構わぬものだ。

これだけあれば狩りに行かずとも狐神様と二人、当分食い繋《つな》げるであろう」

負ってきた山のような供物をあばら屋の隅に下ろすと、月白は手早く荷を解きわかりやすいよう整理し始めた。鐵も抱えてきた琥珀と沐浴用のたらいを板の間に下ろす。

「私が口にしても構わんのか」

「飢えて狐神様のお世話が疎《おろそ》かになってはかなわぬからな。なあに、この山里は貧しいからな、大量にあるのは最初だけよ」

色々な事があって疲れたのだろう、琥珀は眠っている。戸の外に見える景色は赤く染まり、慌ただしい一日の終わりを告げていた。

「おまえに裾分けしてもいいのか」

「俺は禰宜だ。当然構わぬ」

「供物のなかに神酒があった」

月白は待ってましたとばかりににんまり笑んだ。

「何か摘まむものが欲しいな。薪は外か」

何も言わずとも薪を取りに行った月白に焚き付けの準備を任せ、鐵は荷を検分した。神酒と摘まみになりそうな物を引っ張り出す。

「私はこれから普通にこの子を育てればいいのか」

「うむ、そうだな。まめに里に連れてきてくれるとありがたい。どうやらこの狐神様は今まで顕現された時とは違うようだからな。皆にはできるだけ食える物を供物として捧げるよう伝えておく」

火を熾すと、月白は板の間にどっかと腰を下ろした。粗末な鐵の家には、月白の屋敷にあったような立派な囲炉裏はない。鐵は竈の前に立ち、干し魚をあぶる。

「違う、とはどういう事だ」

「前にも言ったが、狐神様というのは物を食わぬものなのだ」

月白は筵《むしろ》の上に寝かされた琥珀の寝顔を覗き込んでいる。ふっくらとした頬をつつかれると琥珀はなめらかな眉間に皺を寄せ顔を背けた。

「食わずとも平気なのか？　腹は減らんのか」

「不思議な話なのだが、狐神様がこうやって手を翳《かざ》されるとな——」

そう言って月白は掌を器の上に翳した。

「目の前で供物がなんというか——枯れて萎びてしまうらしい。供物に限らず、なんでも自在に枯らし己の力にする事ができたそうだ」

「なんでも？　生きているものでもか？」

「さあ、命あるものを枯らした事はないと聞いているが、山一つ丸ごと枯らした事すらあるらしいぞ」

初めて聞く事象に、鐵は眉を顰めた。

火の通った魚を月白の前に運ぶ。

「山一つ？　眉唾ものの話に聞こえるが」

「白骨《しらほね》の峰、あそこは何代も前の狐神様が枯らしたそうだ」

「ほう」

白骨の峰というのは、神域の北方にある、枯木だけが林立している峰だ。乾燥して色が抜け、真っ白になった枯れ木が骨のように見える為、山里の者たちは怖がって近づかない。

「神力《じんりき》、というやつか？」

腰を下ろした鐵の為に、月白が欠けた器に神酒を注ぐ。

「そうなのだろうな。だがまあ、深く考える必要はない。とにかく熱心に社に参り供物を捧げれば、狐神様がいる間は飢饉《ききん》もなく豊かな実りを得られるのだからな。俺たちはそうすればよいだけの事」

器を受け取ると、鐵は軽く揺すり、独特の香気を楽しんだ。

「獣の形の神は、数年で消えてしまうと聞いた事があるが、本当か」

「よく知っておったな。そう、狐神様はそう長い間この世にはおられない。粗略《そりやく》に扱うと、一年も経たずに消え、その年の冬は殊《こと》に厳しいものになるらしい」

「琥珀も数年で消えてしまうのか？」

二人は揃って眠っている琥珀を眺めた。何を夢見ているのか、琥珀はふにゃりと幸せそうな笑みを浮かべ、むぐむぐと口を動かしている。

「さて、それはどうであろうな。この狐神様は今までの神とは違う所がある、其処も違うのかもしれんぞ」

軽く握られた琥珀の指はぷくぷくと丸っこく、一口に食べてしまえそうな程小さい。餅のような頬は桜色、まだ生きるつらさもこの世の苦しみも知らぬ無垢《むく》な寝顔に、鐵の目は自然と細くなる。

「しかし、琥珀が何かをその、枯らした事などないぞ。狐から変化したのには違いないと思うが、この子は本当に狐神なのだろうか」

ほとりと漏らされた呟きに、月白はさてなとなんの意味もないいらえを返した。

「だが境内の桃はとびきりふくやかな実を結び続けておるし、山里の者も言っておったぞ。今年の菜は摘んでも摘んでも増えて、いっかな減らぬと」

「豊穣《ほうじょう》の神、か」

ならばやはり数年経てば琥珀も消えてしまうのだろうか。

鐵は月白が注ぎ足してくれた器の中身を一気に干した。

月白が淡々と言い聞かせる。

「先の事など考えるな。おぬしはただ、この方を慈しみ育てればよいのだ。おぬしが手を離せば狐神様はすぐさま消えてなくなってしまうのだからな。いつ如何なる時も健やかに幸せに過ごせるよう心を砕いて差し上げろ。――まったく、こんなにも愛らしく稚《いとけな》い神に此処まで慕われるとは羨《うらや》ましい奴だ」

新しい主、か。

鐵は自分で神酒を注ぎ足す。濁った白い液体がとろりと器の中で揺れる。

――かつて、鐵が命を賭《と》して仕えた主は言った。〝殺せ〟と。

なんの葛藤《かっとう》も見えなかった。鐵を殺す事を、まるで虫けらを捻《ひね》り潰す程度にしか感じていないかのようだった。

あの瞬間、鐵の中で何かが砕け散った。

私が今までしてきた事はなんだったんだ？

今まで捧げてきた忠誠は、献身は、何一つこの人に伝わっていなかったのか？

それとも鐵の捧げたものなど、主にとってはなんの価値もなかったのだろうか？

どちらでも大差はない。

心を傾けた相手に踏みつけにされるのは、つらい。

あの頃の己がとんでもなく愚かで主の本性を見抜けなかったが故に、鐵は全てを失い人を信じられなくなった。もう誰とも関わりたくなかったし、一生独りでいるのだと思っていた。

――琥珀が人の姿となるまでは。

幼な子が無心に己を求める姿を見た時、鐵の心は大きく震えた。理由などわからなくても、この何も知らない幼い神が誰よりも鐵を頼りに思っているのは明らかだった。

——また誰かを守りたいと思う日が来るとはな。

「幼いが、人を見る目をお持ちであられるようだな、狐神様は」

器を差し出し神酒の催促をする月白に、鐵はほろ苦く笑う。

残った神酒を全て月白の器に注ぎ入れ、空になった瓶子《へいじ》を置くと、鐵は琥珀の顔を覗き込んだ。

無骨な指でそっと猫っ毛を梳《す》くと、幼な子が、ん、と小さな声を漏らし寝返りを打つ。

「大事に育て奉る」

硬く締まった鐵の肩を、月白が景気よく叩いた。

「俺が幼き頃より楽しみにしていた役目を奪ったのだからな、そうでないと困る」

陽気な笑い声があばら屋の中に響く。手加減なく打たれた肩に残る痛みを噛みしめ、鐵は器に残っていた酒を飲み干した。

四、

季節は緩やかに巡ってゆく。

燕《つばめ》が軒下に巣をかけると、山の斜面をみっしりと埋めた棚田はあっという間に青々とした稲で覆われた。

畦道《あぜみち》を歩けば親指程の大きさの青蛙《あおがえる》が何匹も跳ね逃げてゆく。田の上には無数の蜻蛉《とんぼ》が飛び交い、つがう相手を探している。

時たま嵐に襲われる事はあったものの大きな災いに見舞われる事もなく、山里は夏の終わりを迎えた。

気の早い彼岸花《ひがんばな》が咲く畦道に座り込み、鐵《くろがね》と月白《つきしろ》は、豆の莢《さや》をむしっている。頭上には欅《けやき》が枝を広げ、涼しい影を落としていた。眼下には棚田と山里が一望できる。

道端の猫の額程の草原《くさはら》では琥珀《こはく》が雷鳴《らいめい》と遊んでいた。右に左に揺れる漆黒の尻尾を追いかけては振り払われ、ころんと柔らかな草の上を転がっている。

途中で自分の尻尾の先が視界に入ると、琥珀は軀をねじって後ろを振り返った。大きすぎる頭のせいでバランスを崩し転がりつつも、ふっさりとした自分の尻尾を抱きしめる。

「くふふん」

雷鳴がひょいと首を伸ばし、田へ転げ落ちそうになった琥珀を鼻で畦へと押し返す。

ふさふさとした尻尾を持つ一人と一匹が戯《たわむ》れる様は、微笑ましいの一言だ。

豆をちぎり終わった枝を道端に投げ捨て、鐵は新たな枝を手に取る。

「では狐神の社はどの流れにも属していないのだな」

「うむ。神名帳にも載っておらぬ」

月白が地面に置かれた笊《ざる》へと豆莢《まめざや》を放った。

琥珀は、気のせいかうんざりしているように見える雷鳴の大きな頭へと抱きついて強《こわ》い毛に頬擦りすると、うんしょうんしょと背によじ登り始めた。

「琥珀が此処《ここ》にいる事は誰にも知られないと思っていいのか」

「近隣の里には伝わっているだろう。毎年祭りの時には彼らも此処に来るからな」

「では役人には」

「年に一度税を取り立てに来るだけの連中になど誰も何も喋《しゃべ》らぬよ。あやつらは面倒事ばかり引き起こす。おぬしがいる事もまだ知られておらぬと思うぞ」

「……そうなのか?」

農作業が一段落ついたのだろう、里人たちが数人、畦道を渡ってくる。

「では獣の形の神が顕現されたと都に伝わる事はない、か」

「ないだろうな」

甲高い子供の声が野山に響いた。

「あ――――っ！　狐神様だ！」

年端もいかぬ子供たちが集団から抜けて駆けてくる。

途端に雷鳴が起き上がった。薄情にも琥珀を振り落とし、あっという間に森の中へと姿を消す。

「狐神様、狐神様、尻尾にさわっていい？」

「狐神様、今逃げてったおっきいの、何？」

「狐神様、これあげる！」

駆けてきた子らに周りを囲まれ不安そうに振り返った琥珀に、鐵は重々しく頷いてみせた。

何も心配は要らない、と。

にんまりと笑んだ月白が立ち上がり、腰を伸ばす。

「ふ、おぬし変わったな。つい先頃まで死人のように濁った目をしておったのに、随分とふやけた顔をしておる」

鐵は心外そうに月白を見上げると、新しい豆の枝を手に取った。例年であれば食べられぬような未熟な豆がかなりの割合で交ざっているものなのに、莢の中に詰まっている豆はどれもはちきれんばかりに大きく育っている。

琥珀に構う子供たちの傍を通り過ぎた女の一人が、作業に精を出す月白と鐵に寄ってきた。

「鐵様、狐神様はもう昼餉《ひるげ》を済まされたのかい？　よければ牛の乳を持ってくるよ。あんたにも何か持ってこようか？」

少し緊張した面持ちで話しかけられ、鐵は戸惑った。何か答えるより先に月白が面白そうに身を乗り出してくる。

「おや澪《みお》、おぬしが鐵に親切に声をかけるとは珍しい。鐵が怖いのではなかったのか？」

月白にからかわれた澪はつんと顔を逸らした。

「そりゃ愛想がないうえ、こんな小汚いなりしてるんだ。どんな乱暴者か知れやしないと思うじゃないか。でも他ならぬ狐神様に信頼されているようだし、ちゃんとお世話しているみたいだからね」

琥珀の世話をするようになってから、里人たちの鐵に対する当たりは変わってきていた。澪も以前は小さな水袋いっぱいの乳に一塊の鹿肉という法外な要求をしてきたのに、今ではおまけまでつけてただで貢《みつ》いでくれる。

だからといって安易に頼る訳にもいくまいと、鐵は首を振った。

「気持ちだけありがたく受け取っておこう」

「そうお？　じゃあ要り用な時があったら声をかけなよ」

他の女衆と連れ立って澪は去ってゆく。子供たちも後を追い、駆けだした。一人残された琥珀が、ふらふらと立ち上がる。

「くろー」

一応歩けるようになったものの、琥珀の足取りはまだ頼りない。だが琥珀は何かを握りしめ、尻尾を振りながら一生懸命近づいてくる。

「ん！」

細い柔らかな声と同時に差し出された手を見下ろし、鐵は瞬いた。小さな掌には粟餅が乗っていた。子らが後で食おうと取っておいたものを琥珀への供物にしたのだろう。

「食っていいぞ」

許しを与えると琥珀は鐵の前にぺたんと座り込んだ。粟餅をちぎり、半分を、ん！　と鐵に差し出す。

「……全部食っていいのだぞ」

食い意地が張っているくせに琥珀は手を引っ込めようとしない。己の分を頬張りながら、なおも粟餅を突きつけてくる。

「ははは、狐神様からの供物だ。ありがたくいただけ」

月白に背中を叩かれ、鐵は握り潰され手の跡がついた粟餅を受け取った。

「かたじけない」

口に運ぶと、琥珀が少し垂れ気味の目を嬉しそうにきらめかせる。

口の中に広がった素朴な甘みは、鐵が今まで食べた何よりうまく感じられた。

「はは、狐神様はお優しいな」

月白の笑い声が風に散り、眼下に広がる棚田がきらきらと輝く。稲の緑に隠された水田の面《おもて》が陽光を反射しているのだ。

濃い緑の匂いにどこまでも青い空。

鐵はまだもごもごと粟餅を噛んでいる琥珀を、膝に座らせる。

棚田を抜けてゆく風が葉を揺らし、しゃらしゃらと快い音を立てた。

まろやかな時間を鐵は噛みしめる。

鐵がこの山里に来て四年、ようやく鐵はこの山里に居場所を得つつあった。それだけでなく自分自身の心の有り様《よう》まで変わりつつあるのをはっきりと感じている。

生きているという、感じがした。

毎日が楽しいと思えた。

全部この子のおかげだ。

「くろ？」

膝の上の琥珀が軀を捻って鐵を振り返る。

月白が投げた豆莢が、笊《ざる》の上で乾いた音を立てた。

たった半分の粟餅でべたべたにしてしまった口の周りを拭いてやりながら、鐵は豊かな実りの季節を迎えようとしている山里を見下ろした。

＋　＋　＋

戸板の間から細く朝陽が漏れ入ってくる。夜明けを告げる鳥のさえずりがうるさい。

珍しく鐵より早く目覚めた琥珀がむっくりと起き上がると、胸元で鈴がちりりと小さな音を立てた。

大きなあくびをしてから琥珀はとろんとした目で辺りを見回す。

なんか、へんだ。

でも、なにがへん？

ええと、家の中が狭く見える。それから天井が妙に低い。

「ん？」

下を見下ろすと、牛蒡《ごぼう》のように細い足が着物の裾から前へと投げ出されていた。

「んん？」

目の前に持ち上げてみた手は、いつものようにむちむちしていない。足と同じように細く長くなっている。

「こはく、おっきくなってる?」

掛けていた着物を蹴飛ばし、琥珀は床に手を突いて軀の向きを変えた。

琥珀の横には、顎にまばらに無精髭を生やした男が眠っている。

このひとは、くろ。

昨夜添い寝してくれた時と変わらぬ姿を認め、琥珀は何がなしほっとした。くるぶしの間に尻を落としてぺたんと座り込み、しげしげと鐵を眺める。

仰向けで眠っている為、いつも蓬髪《ほうはつ》で隠されている鐵の顔が露わになっていた。

たまにせせらぎで軀を洗う程度の生活を送っている鐵の顔は汚い。おまけに意志の強そうな眉がとても威圧的に見えるし、陽に焼け引き締まった体軀にはどこか獣じみた荒々しさがある。

だが琥珀はこの恐ろしげな男の目が、自分を見る時だけはひどく柔らかくなる事を知っていた。無骨な手は如何にも乱暴そうに見えるけれど本当は優しくて、琥珀に苦痛を与えた事などない。

むさくるしいのに変わりはないが、無防備に眠る姿はいつもより若く見える。

飽かず眺める琥珀の視線の先で、鐵の瞼が震えた。

琥珀の期待と緊張を反映し、太い尻尾が少し持ち上がる。

「ん、む——」

鐵は目を閉じたまま大きな掌で琥珀が眠っていた辺りを探った。何も手に当たらないのを不審に思ったのだろう、片方の瞼だけを薄く開く。

幼な子ではなく白い膝小僧を発見した鐵は、怪訝《けげん》そうに瞬いた。視線がのろのろと上がり、垂れ気味の目元にふわんとした笑みを湛えた顔へと辿り着く。

大きすぎるくらい大きな琥珀色の瞳と、興奮にぴくぴくしている蜂蜜色の耳。大きくなった琥珀の顔を見た鐵の目が、僅《わず》かに細められた。

「琥珀、か？」

引き締まった軀が驚く程の素早さで跳ね起きる。

厳つい指でそっと耳を摘まれ、琥珀は尻尾を膨らませた。

「ん！」

「また、姿が変わったのだな。なぜ、どうやって大きくなったのだ」

琥珀はきょとんと目を見開くと、華奢《きゃしゃ》なうなじを傾げた。

「んと……わかんない」

きっかけらしいものなど思い当たらない。昨日はいつもと同じように山里に下りて、雷鳴と遊んで、粟餅を食べた。

昨日はとりわけ鐵が近くに感じられ、琥珀は幸せだった。そのせい、なんだろうか。

「……そうか」

鐵にくしゃりと髪を掻き回されるのが気持ちよくて、琥珀は目を細める。

「着物が小さくなってしまったな。ひとまず私の着物に着替えろ」

「ん」

琥珀は大きくこくんと頷く。

成長した琥珀はまるまると太っていた赤子の姿とは異なり、やせっぽちだった。

人間の年齢でいえば七歳くらいだろうか、蜂蜜色の髪は不揃いに伸び、うなじをばさばさと覆っている。毎日ひなたで遊んでいたのに、肌は抜けるように白く、しみ一つない。

適当に丸めて置いてあった直垂《ひたたれ》から一番綺麗なものを選び、鐵が琥珀に着せ掛ける。直垂には鐵の匂いがかすかに残っていて、琥珀は嬉しくなった。

琥珀は鐵の匂いが大好きだ。

長い袖を持ち上げ嗅いでみると、胸の中が鐵の匂いでいっぱいに満たされる。

「ふふ」

鐵の直垂はさすがに着丈も裄丈《ゆきたけ》も長く、膝まで届いた。袴を省略したせいで裾から肉の薄い足と自慢の尻尾が覗いている。琥珀の手は完全に袖の中に隠れてしまい見えない。これでは不便だろうと、鐵が袖についている括《く》り紐を絞って、手首から先が出るようにしてくれた。

琥珀は大きくなれたのが嬉しくて仕方がなかった。幼な子の頃よりちゃんと喋れるようになったし、身長は鐵の腹に届く程になった。どうやら走る事も跳ねる事もできそうだ。急激に変わってしまった軀に感覚がついていっていない部分はあるが、すぐ慣れるだろう。

手を翳《かざ》してみたり足の指を動かしてみたりと、琥珀が自分の軀に夢中になっている間に鐵が閉め切っていた戸を開ける。外には仕留めた鳥を足元に置いた雷鳴がきちんと座って待っていた。

幼な子を置いて長時間留守にする訳にはいかない。琥珀の世話をするようになってから鐵は滅多に狩りに出なくなってしまっていたが、その分雷鳴が畑を荒らしに来た鳥や近くの森で捕らえた獣をちょくちょく運んできてくれる。

「よくやった、雷鳴」

鐵が豊かな毛並みを撫でてやりつつ褒《ほ》めると、雷鳴は得意げに胸を反らし、ぐるるると喉を鳴らした。

「らいめい、みてみて。こはく、おおきくなったよ」

琥珀が板の間の端まで来て手足を見せびらかそうとするが、雷鳴は関心がないらしい。土間に入ってきて少し匂いを嗅いだだけで、すぐまた外へ行ってしまう。

昨日の残り物で手早く朝餉《あさげ》を調《ととの》えた鐵が琥珀を呼んだ。

「琥珀、今日は一緒に月白の家に行く。早く朝餉を食べてしまえ」

「ん」

琥珀は元気に頷き、粗末な膳《ぜん》の前にちょこんと正座した。鐵が膳に箸《はし》を置くと手に取るが、昨夜まで幼な子であった琥珀がそんなものを使える訳がない。悪戦苦闘した挙げ句二本まとめて握りしめ、椀の中身を掻き込むようにして食事を済ませる。

「もう幼な子ではないのだから食べ物をこぼしてはいけない。後で箸の使い方を練習せねばならぬな」

汚れてしまった直垂を拭いてやりながら鐵が穏やかに諭《さと》す。琥珀が素直に頷くと、鐵の目の色が柔らかくなった。

琥珀は闇夜のような鐵の目も好きだ。

片づけが済むと鐵の大きすぎる草鞋《わらじ》を借り、琥珀は初めて自分の足で山里へと出発した。

山道は、琥珀が思っていたより険しかった。木の根や窪《くぼ》みが足をすくおうと待ち構えている。いつも琥珀を抱き上げ風のように山里まで運んでくれていた鐵に改めて感心してしまう。

足を踏み出す度、首に結んだ鈴がちりりと心地よい音を立てた。

まだ歩くのに慣れない琥珀は、転ばないよう用心しながらのろのろ進む。

鐵が不意に立ち止まり、琥珀に手を差し伸べた。

大きな掌を琥珀はじーっと見つめる。

鐵は何を寄越せと言っているのだろう？

しばらく黙って見つめ合った後、鐵は身を屈め琥珀の手を捕まえた。しっかりと包み込み、軽く引っ張る。

「そら、こうすれば転びそうになった時私に摑まれるだろう？」

「う――――うん……」

握りしめられた手があたたかい。

鐵にだっこしてもらうのが一番好きだと琥珀は思っていた。だけど、こうやって手を繋いで一緒に歩くのもすごくいい。

おおきくなるって、本当にすてき！

木々で視界が遮《さえぎ》られ、どこまで続くかすら見て取れぬ山道を、琥珀は少し鐵に遅れながらも歩いてゆく。

最後までそうして歩きたかったのだが、半分も行かないうちに琥珀は足を痛めてしまった。柔らかな足指の間が草鞋の緒《お》に擦れ、血豆となってしまったのだ。痛みに歩みが遅くなった琥珀に気が付き、鐵が足を止める。

「草鞋だけ手で持っていろ」

琥珀の前にしゃがみ込み、草鞋を脱がせると、鐵は琥珀を抱き上げた。琥珀は慌てて片方ずつ草鞋を持った手で鐵の首に縋りつく。

「あの……あの……、ごめんなさい」

鐵に連れていってもらった時はそう遠くないと思っていたのにと、琥珀はしょんぼりする。

「草鞋が大きすぎて歩きにくかったんだろう。次はちゃんと琥珀用の草鞋を編んでやろう」

こはく用の、わらじ。

沈んでいた心があっという間に浮き立つ。

それを履いたらもっと歩けるようになるのかな。

あれこれと考えている間に鐵はどんどんと山道を下りてゆき、たちまちのうちに山里に着いた。さっさと里の中を通り抜け、月白の屋敷に向かう。

「月白、いるか」

言葉と同時に鐵が引き開けた戸の内側には誰の姿も見あたらなかった。だがどこからかおうという太いいらえが聞こえた。

畑か、とあやふやな呟きを漏らし、鐵は琥珀を抱えたまま屋敷を回り込む。家の南側には陽当たりのいい立派な畑があるが、其処《そこ》にも声の主の姿は見えない。

鐵は、怪訝そうに周囲を見回すと、畑を突っ切っていった。よく肥えた土の豊かな匂いがする。

「月白」

畑の半ばで立ち止まった鐵がもう一度呼ぶと、最前よりはっきりした声が聞こえた。

「こっちだ。手を貸してくれ」

月白の畑の向こうは沢になっていた。低い土手があるだけでなんの柵もない。うっかり足を踏み外すと、いきなり大人の身長より高い所からごつごつした大岩で敷き詰められた川床に転落する羽目になる。

土手の端に立った鐵は、呆《あき》れ顔で川床を見下ろした。

「以前この里の禰宜《ねぎ》が、沢に落ちるような間抜けな真似はしないなどと豪語していたような気がするのだが、月白、これは一体どうした事だ？」

眼下にはさらさらと清らかな水が流れている。その中に腹まで浸かり座り込んでいた男が忌々しげに拳を振り回した。

「黙れ、鐵。人の不幸を揶揄《やゆ》するとは薄情な奴だ」

この一癖も二癖もありそうな男の事も琥珀はうっすらと覚えていた。

このひとは、つきしろ。

沢の中に座り込み立とうとしない月白を、琥珀はしげしげと眺める。

「くろ、つきしろ、けがしてるの？」

鐵も同じ事を考えていたのだろう、顎を引くと琥珀を地面に下ろした。

「此処で待ってろ」

「ん」

沢へ下る斜面はほとんどが絶壁に近かったが、人が行き来できる程度に傾斜が緩い場所もあった。普段月白が沢への上り下りに使っているのだろう、薄く段らしき跡がついている。鐵は身軽に足場を駆け下りると、流れの中へと踏み込んだ。

ざぶざぶと水を蹴り進んでいく鐵の周りから、黒い魚の影が逃げてゆく。

月白の前まで辿り着くと、鐵は月白に背を向けしゃがみ込んだ。乗れと一言だけ告げる。

小さな声だったが、琥珀の耳は人よりいい。どんな内緒話でも簡単に聞き取ってしまう。

月白は最初ぶつぶつ文句を言っていたが、やがて観念し、鐵の背におぶさった。鐵は、琥珀だったら怖くて下りられないような足掛かりを一歩一歩踏みしめ、沢から土手まで上がってくる。その足取りは着実で危なげない。

「つきしろ、だいじょうぶ?」

琥珀が裸足のまま駆け寄ると、月白が目を剝《む》いた。

「うむ、大丈夫だ。もしやと思ったが、やはり狐神様か? 随分大きくなられたな。このようなみっともない姿でお迎えして面目ない」

「ううん。つきしろ、みっともなくなんかないよ」

鐵は月白を負ったまま屋敷へと戻り始める。濡れた二人の軀からぽたぽたと水が滴《したた》った。

小走りに後を追い始めた琥珀がはっとして足を止める。

——血のにおいがする。

ずぶ濡れの月白の着物からまたぽたりと水滴が落ちた。熟しきった瓜《うり》の上で跳ねた水が赤い。

そうして琥珀はようやく月白の足がいつもの倍もの太さに腫《は》れ上がっているのに気付いた。

琥珀の手から草鞋が落ち、乾いた音を立てる。

だいじょうぶなんかじゃ、ぜんぜんない。

きっと、すごく、いたいんだ。

すぐ其処を流れる沢の音や鳥の声が、琥珀の中から消えてゆく。周りのものが色をなくし、月白の足だけに視界が狭まってゆく。

「あ……」

月白の足から、目には見えない何かが抜け落ちてゆこうとしているのを感じ取り、琥珀は大きく喘いだ。

立ち竦んでしまった琥珀を、鐵が振り返る。

「琥珀？」

「う……」

両の拳で口元を押さえ、琥珀は顔をくしゃくしゃに歪めた。

怖い――……。

心臓が胸の奥で、大きな音を立て拍動する。

「狐神様？」

月白も眉間に皺を寄せ琥珀を見つめた。

「どうした」

鐵が月白を負ったまま踵を返し、真午《まひる》の畑のただ中でぽろぽろと涙をこぼす琥珀の元へと戻ってくる。目の前で立ち止まると身を屈めて琥珀と目線を合わせ、いつもと変わらぬ落ち着いた声で言う。

「琥珀、泣くな。大丈夫だ」

熱くなった琥珀の耳の中に、鐵の声は清水のように流れ込んだ。

「――――だいじょうぶ？」

瞬くと、すうっと視界が元に戻った。

周囲には緑の畑が広がっている。熟しつつある果実が其処此処《そここ》に実り、隙あらば食い荒らそうとする虫たちが葉の間で蠢《うごめ》いている。一気に迫ってきたむせかえるような生の気配に、琥珀は圧倒された。

涙に濡れた視線の先にいる鐵は平然としていた。揺るぎない瞳は、嘘《うそ》を言っているようには見えない。

「ほんとに、だいじょうぶなの？」

鐵は迷いなく頷く。

月白も闊達な笑い声をあげ、ひらひらと手を振った。

「ああ。ちょっとぶつけただけだからな。びっくりさせて申し訳ない、狐神様」

「縁側まで歩けるな。琥珀」

鐵の問いに、琥珀はこっくりと頷いた。拳で濡れた目元を擦り、わななく唇を引き結ぶ。鐵の物言いはぶっきらぼうだが、不思議に琥珀を落ち着かせる力があった。

琥珀は陽差しにあたためられた土を踏み、鐵について歩きだす。

鐵は自分よりも大きな軀を縁側に下ろすと、手早く月白の手当てを始めた。腫れ上がった部位に晒しを巻き、添え木を当てる。

琥珀はぺそりと耳を寝かせ二人の傍に座っていた。手当てされる月白の怪我はやっぱり痛そうで、止めようと思うのに涙が後から後から湧いてきて、鐵の匂いのする着物を湿らせる。

自分も月白に何かしてあげたい。そう思うのに何をしたらいいのかわからず、琥珀はおろおろするばかりだ。

まごまごしている琥珀に気を遣ったのだろう、鐵が晒しを琥珀に渡した。

「琥珀、これを濡らして月白の汗を拭いてやってくれぬか」

「うんっ」

琥珀は水甕《みずがめ》まで走っていって晒しを絞ってくると、縁側に正座して月白の額をそっと押さえた。

月白が土塗れになった琥珀の足を軽く叩いて微笑んでくれる。

「ありがとうござりまする。狐神様は、優しゅうございます」

意味がわからず、琥珀は大きな目を瞠《みは》った。

「どうして？　こはく、なんにもしてないよ……？」

いやいやと月白は首を振った。

「狐神様の御手ずから汗を拭いていただいたのだ。畏れ多くて痛みも吹き飛ぶ」

骨ばった指先が琥珀の頬から涙を拭ってくれる。琥珀は思わずぎゅっと目を瞑って首を竦めた。

「こはく、つきしろが何を言ってんのか、よくわかんない……」

琥珀はただ汗を拭いただけで、なんの役にも立ってない。鐵の方がずっと頑張っているのに。

どうしてつきしろは、そんな風に言うの？

「うん？」

「馬鹿丁寧な話し方をするからではないか、月白」

きょとんとしている月白に鐵が口を挟む。そうではなかったが、琥珀が黙っていると月白はそうかそうかと頷いた。

「それにしても狐神様が着ておられる直垂はくたびれておるな。これ鐵、せめて洗濯くらいはしてあるのだろうな、この直垂は」

「さて、どうだか」

「洗ってもいない着物を狐神様に着せたのか？　まったくなんて男だ。狐神様、すぐ新しい着物を差し上げますぞ」

酷い怪我をしているくせに、月白はのんきに笑い声をあげる。

「あれま、どうしたんだい、月白様」

其処にちょうど訪ねてきた女が、ずぶ濡れで縁側にへたり込んでいる月白の姿に気付き大きな声をあげた。

後はもう心配なかった。

禰宜である月白はこの里では特別な存在らしい。女がどこかへ素っ飛んでいったと思ったら、すぐさま他の女衆まで連れ戻ってきて、ずぶ濡れになった着物を脱がせたり月白の指示通り薬湯を煎《せん》じたりと、細々《こまごま》と世話を焼き始めた。狐神の為に用意してあったのだという新しい着物も奥の部屋から取ってきてくれる。

女衆が来てから琥珀はずっと鐵の陰に隠れ、汗ばんだ手で直垂の袖を握りしめていた。鐵以外の里人がいまだに苦手な琥珀はそわそわして落ち着かない。

寝床に入る所まで手を貸すと、鐵は琥珀を連れ月白の家を辞した。小川で血豆だらけの足を清めてから、まだ湿っている背に琥珀を負い、山道を登ってゆく。

つきしろはほんとうにだいじょうぶなのかな。

琥珀の心は奇妙にざわついていた。

あばら屋へと至る山道を通る者は滅多にいない。誰の気配もない悪路を二人は、午後の陽差しを浴びながら黙々と登る。

あばら屋に辿り着くと、雷鳴が朝とはまた違う鳥をくわえ二人を待っていた。

大丈夫だ、などと月白は大口を叩いていたが、やはり骨が折れていたらしい。

月白は囲炉裏の前に添え木を当てた足を投げ出し、情けない面持ちで脇息《きょうそく》に寄り掛かっていた。

＋　＋　＋

まだ朝方だというのに空は暗く、雨が降っている。どこもかしこもじめじめしており、なんとなく土臭い。

琥珀は月白の正面にちんまりと正座していた。片手で鐵の袖をしっかりと握りしめて。

「狐神様、そんなに警戒せずとも鐵は狐神様を置いて帰ったりはせぬよ」

琥珀は大きな瞳に涙を浮かべ、真っ赤になった鼻をぐすぐす鳴らしている。

今日も琥珀は鐵に連れられ、月白の屋敷を訪ねた。いつものように鐵が用事を済ませるのを脇で眺めていればいいのだろうと琥珀は思っていたのだが、鐵はあろうことか琥珀を月白に預け他に用足しに出掛けようとした。いい子で待っていてくれと頭を撫でられ、琥珀は愕然《がくぜん》とした。

——こはくを置いてゆこうとするなんて、信じらんない！

この世に顕現してまだ半年も経たない琥珀の心は、軀程成長してはいない。赤子と同じだ。鐵の足にしがみつき大泣きして琥珀は抗議した。騒ぎを聞きつけて飛んできた子供や女衆からも狐神様をこんなに哀しませるなんてという非難の眼差しを浴び、鐵と月白は琥珀に留守居させるのを諦めた。

里の子ならば働き始める年齢ではあるが、琥珀は狐神である。厳しく叱る訳にもいかない。縁側や土間には里人たちがまだ居座っており、興味津々に狐神様を眺め回している。雨で野良仕事ができず、皆暇なのだ。

「狐神様はほんに鐵がお好きなのだな」

下唇を嚙み俯《うつむ》いている琥珀に、月白は鷹揚《おうよう》に微笑む。

「まあ、いい。今日狐神様に来ていただいたのは、他でもない御身の事について、一度お耳に入れておきたかったからだ」

一息つくと、月白は琥珀を見つめた。

「狐神様は己が何者なのかご存じか？」

琥珀はくすんと鼻を鳴らし、小首を傾げた。

こはくはこはく。それ以外に何があるの？

月白は覗いている里人たちにも聞こえるよう声を張り上げる。

「里人なら皆知っているが、この山里には古《いにしえ》より、神様が時折立ち寄ってくださるという言い伝えがある」

「かみさま?」

「そう。御身の事だ、狐神様」

「こはくのこと?」

ほやんと復唱し、琥珀は傍らに控える鐵を振り仰ぐ。

鐵はそうだとばかりに頷いた。

どうやら琥珀は狐神様という神様らしい。そう琥珀は得心する。

「ふうん。こはく、かみさまなんだ……」

「狐神様は大きな力を持っておられてな。この里に降臨された年には米も豆も粟も何もかもがよく実り、皆の暮らしが豊かになる」

里人たちが頷くなか、琥珀は一人青ざめた。

「え……っ。じゃあ、こはく、かみさまじゃないよ……? だってこはく、どうやったら実りがよくなるかなんて、知らない」

「案ぜられるな。今年は殊に作物の育ちがいい。米も常ならぬ豊作になりそうだ」

「そう……なの?」

「ああ如何にも。瓜も粟も山のように採れたのは狐神様のおかげに相違ない。おかげでこの夏は皆、たらふく飯を食えている。収穫の時期になれば蔵が米俵《こめだわら》で溢れかえるであろう」

琥珀はまた鐵を窺い見る。

鐵が袖を握りしめる華奢な手を軽く叩き、安心させようとしてくれたが、琥珀の不安は消えなかった。

ほんとうに、それってこはくのおかげなの？

「我が家は代々狐神様にお仕えしてきた血筋。狐神様の為に建てられた社の手入れをし、いつか狐神様を迎える日の為に御衣《おんぞ》や御座所《おましどころ》を用意して参った。狐神様、鐵の家より我が家の方が居心地がよいぞ？　今からでも移ってこられたらいかがかな？」

「や」

琥珀は髪が跳ねる程勢いよく首を振った。鐵の袖を握る手に力が籠《こ》もる。

袖にされた月白を里人たちはくすくすと忍び笑った。

「それは残念。ただ覚えておいていただきたい。俺は狐神様に仕える者。何かあったら、何かもを投げ打ってでもお守りいたします。だから必ず頼ってくだされ」

真剣にそんな事を言われ、琥珀は更に居心地の悪い気分になった。

「皆も聞いてくれ。狐神様には不思議な力があり、我らを潤してくださる。だが狐神様は不心得者に傷つけられたり、意に染まぬ行いを強《し》いられたりしたら簡単に消えてしまわれる儚《はかな》き存在。皆で大切に狐神様をお守りせねばならぬぞ」

鐵から琥珀を取り上げようとしたら消えそうになったという話はもう里中の者に伝わってい

るらしい。里人たちは真面目に月白の言葉に聞き入っており疑う様子はない。

琥珀の眉根が小さく窪む。

でもこはく、ほんとうにそんなにりっぱなかみさまなのかな。

「ねえ、くろ。こはくはかみさまだってつきしろは言うけど、こはく、なんにもしてないよ？　いいのかな」

鐵が答えるより先に、月白が答えた。

「もちろんだとも。それに狐神様にはこれから果たしてもらわねばならない大事なお役目がある」

「なに？」

琥珀は身を乗り出した。

「秋祭りの主役だ」

「まつり？」

里人たちの歓声に、琥珀の細い声が掻き消された。それまで神妙に話を聞いていた里人たちが秋祭りと聞いた途端、興奮も露わに喋り始める。

琥珀の耳がぴくぴく動いて音を拾う。

どうやら祭りとはおいしいものを食べて歌ったり踊ったりする、とても楽しいものらしい。

「今年の秋祭りはどうするんだい？」

「そうだよ。あたしも心配だったんだ。もうそろそろ準備をする時期なのに、月白様がその足じゃあ……」

心配そうな女衆の言葉に里人たちの視線が月白へと集中する。月白は申し訳なさそうに頭を掻いた。

「その頃には多少は動けるようになっていると思うんだが……」

「あらでも多少程度では果たせない役目があるでしょう？」

女の一人が不意に狐神様ァと甲高い声をあげた。

「月白様の怪我、狐神様の神力でぱぱっと治すって訳にはいかないんですかァ？」

「ばか、そんな畏れ多い事言うんじゃないよ」

口ではたしなめたものの、その女も琥珀に何がしか期待しているようだった。好奇心にきらきら輝く眼《まなこ》が琥珀へと向けられる。

——かみさまの、ちから。

琥珀は戸惑った。

そうだ、神様だというのなら、それくらいできてしかるべきなのかもしれない。

でも琥珀には、どうすればそんな事ができるのかわからなかった。

厭な汗が浮いてくる。

——こはく、かみさまなのに、なんにもできない——？

ひどく痛い思いをしている人がいるのに見ている事しかできないなんて、なんて役立たずの神様なんだろう、琥珀は。

ねえ　でも　それって　ほんとう?

──いまのは、なに?

不意に己の奥深くからぽこりと何かが浮かび上がってきて、琥珀は息を詰めた。

琥珀の顔色が変わったのに誰も気付かない。月白が芝居掛かった口調で琥珀を庇《かば》う。

「奇跡をねだるとはなんと罰当たりな。狐神様がそんな些末事《さまつじ》を気にされる必要などないのだぞ」

「じゃあ、秋祭りをどうするのさ。あたしたちにとっちゃあ年に一度の楽しみなんだよ?」

「そうだよねえ。秋祭りにはあれがないとね」

そうだそうだと囃《はや》す女衆の声に琥珀は我に返った。小さな声で尋ねてみる。

「あれって?」

「毎年秋祭りにはねえ、月白様が神様に舞楽を奉じるんだよ。貴人が着るようなべべ着てさあ」

「篝火《かがりび》に照らされて、すごく綺麗なんだ」

「あの時ばかりは月白様が男前に見えるよねえ」

「何を言う。俺はいつだって男前ではないか」

月白が憮然《ぶぜん》とした顔で言い返す。

琥珀には〝ぶがく〟というものがどういうものかよくわからない。だが、皆がこれだけ楽しみにしているのだからきっと素晴らしいものなのだろう。

「こはくも、見たい……」

思わず呟くと、月白は困り果てた様子で脇息に頬杖を突いた。頬の肉を歪ませながら考え込む。それからふと思いついたように、鐵へと目を遣った。

「鐵。おぬし、俺の代わりにやってみぬか」

それまで他人事のような顔で傍観していた鐵が目を剝いた。即座に女衆が囃《はや》し立てる。

「あらいいじゃない」

「普段から狐神様に仕えている身なんだし、適任だよねえ」

「待て。私は神事に関われるような身の上では……」

鐵は慌てて断ろうとするが、そんな弱腰で女衆に抗せるものではない。

「なあに言ってんだい」

「そんな事言ったら山里に神事に関われる身の上の者なんていなくなっちまうよ。月白様だって普段酒は飲むわ肉は食うわ――」

「こら、なぜおぬしがそんな事を知っておるのだ」

姦しい笑い声があがる。

「鐵様、あんた、あたしたちが供えたものを食っててんだろ？」

「狐神様だって鐵様の晴れ姿、見たいわよねえ？」

「はれすがた？」

「鐵様が綺麗なべべ着てめかし込んでさ。社の前で踊るんだよ、狐神様の為に」

こはくの、ために？

くろがきれいにみなりを整えて、なにかしてくれる？

「見たい……」

琥珀がほうと溜息をつくと、鐵の眉間に皺が寄った。厳しい表情で見据えられ、琥珀は少したじろぐ。

くろ、おこった……？

「狐神様の御所望《ごしょもう》だ。照れる事はないだろう、鐵」

「そうよう。それに狐神様にとって初めてのお祭りなのに、つまらないものになっては可哀想じゃないの」

「おまつり、つまんないの？」

哀しそうに眉尻を下げ、琥珀は鐵を見つめた。

今度はそっぽを向いた鐵が、腹立たしげな溜息をつく。

月白が呵々大笑《かかたいしょう》した。

「勝負はついたな」

「どうなっても知らぬぞ、私は」

無骨な手が伸びてきて、琥珀の細い髪を乱暴に掻き回す。頭がぐらぐら揺れたが、琥珀は首を竦めて鐵の乱暴狼藉《ろうぜき》に耐えきった。

なんだかよくわからないけれど、すごく楽しそうな事はつつがなく取り行われる事になったらしい。それだけわかれば充分だ。

＋　＋　＋

木漏れ陽を反射し、水面がきらきら光る。

鈴だけをつけた素っ裸でせせらぎに踏み込んだ琥珀は、ひゃあと叫んで身を縮めた。足首の周りをハヤの影がすり抜けてゆく。

直垂を脱いだ鐵が手拭いを濡らし、琥珀の軀を洗い始めた。

「くろ……っ、くろ、つめたい……っ」

「我慢してじっとしていろ。琥珀は神様なのだからな。毎日此処でこうやって身を清めねばならない。明日からは自分でするのだぞ」

薄い胸や細い首を冷たい手拭いでごしごし擦られ、琥珀は縮み上がった。幼な子の時は湯で優しく洗ってくれたのに、えらい違いである

——おおきくなるって、いいことばかりじゃない。

琥珀の軀が成長した日の夜、鐵は新しい筵《むしろ》を床に敷いて言った。もう大きくなったのだから、今夜からは一人で寝なければならないと。

なんて意地悪な事を言うのだろうと琥珀は憤《いきどお》った。琥珀は鐵の匂いに包まれて寝るのが大好きなのに、これでは眠れない。

実際には寝床に入って十も数えぬうちに寝入ってしまったのだが、鐵の心ない仕打ちに琥珀は傷ついている。

そのうえ今日は水攻めだなんて。

——くろはひどい。

琥珀は涙目で鐵を見上げる。だが鐵の肌を目にした途端、不満などかき消えてしまった。

「どうした」

騒ぐのをやめ凝然《ぎょうぜん》と立ち尽くす琥珀を、鐵は作業を続けながら見下ろす。

「く……、くろ、いたい……？」

早くも涙ぐみつつ、琥珀は透き通りそうな程白く小作りな手を、鐵の浅黒く焼けた肌に当てた。

鐵のなめし革のような肌には、無数の傷痕が刻まれている。

己の身を見下ろし、鐵は苦く笑った。

「……しまったな。忘れていた」

琥珀に背を向け、脱ぎ捨ててあった直垂を羽織る。痛々しい傷痕が視界から消え、琥珀は少しほっとした。

「こんなの、どうしたの、くろ」

「昔、ちょっと、な。私が愚かだった故に受けた傷だ」

袖を通しただけの直垂が木々の間を渡る風に煽《あお》られる。引き締まった鐵の体軀は、大人の男、そのもので、手も足も若木のように細く貧弱な琥珀とは比べものにならない程逞《たくま》しい。子供でしかない己に理不尽な苛《いら》立《だ》ちを覚え、琥珀は俯いた。

くろは、違う。

こはくとまるで違う。

ずっと大きくて強くて、琥珀の知らない色んなものをその身の裡《うち》に隠してる。

鐵が大きな瞳を潤ませている琥珀の頰を、掌で撫でた。

「泣くな、琥珀。おまえが泣くと――」

言い澱む鐵を、琥珀は見上げた。

「こはくが、泣くと？」

鐵が琥珀の前にしゃがみ込む。浅い流れに直垂の裾が落ち、色を変えた。枯れ葉色の髪をさらりとなぞり、鐵はうっすらと、だがひどく柔らかな笑みを浮かべる。

「……琥珀が泣くと、俺の胸まで痛くなる」

琥珀の尻尾が大きく膨らんだ。

――なあに、これ。

なんだかどきどきして、……胸が、痛い。

思わずぎゅっと抱きつくと、鐵は優しく背中を叩いてくれた。

琥珀は目元を拳でごしごし擦り、頼りない声で鐵に宣言する。

「あの、ね。こはく、もう泣かない」

「そうしてくれるとありがたい。――実はこれから俺は祭りの準備の為、月白の屋敷に行く。琥珀は家で留守居をしていて欲しい」

え？

琥珀は目を見開いた。鐵の言う意味が頭に入ってくるにつれ、大きな衝撃に打ちのめされる。

――なに、それ。

「――――やっ……」

「厭なのはわかってる。夕暮れまでには必ず戻る。鳥子殿《ちょうこ》がその間おまえの面倒を見てくれる。おまえの遊び相手も用意してある。家でただ待っていてくれればいいだけだ」

――――そんなの、むり。

琥珀の眉尻が情けなく下がった。

琥珀は物心ついた時から片時も鐵の傍を離れた事がない。鐵が傍にいるのが当たり前。その鐵が一時だけでもいなくなってしまうなんて。

想像してみただけでひどく心許ない気分に襲われ、琥珀は鐵にしがみつく腕にぎゅうぎゅうと力を込めた。

「や……やっ、くろ……」

「琥珀はもう大きい。幼な子ではないのだから、留守居くらいできるな？」

「で……できない……」

冷たい水がさらさらと足を撫で、体温を奪ってゆく。

じわじわと涙が湧いてくるが、琥珀は泣かないと宣言したばかりだ。鼻を真っ赤にしながらも涙を堪《こら》えようとしていると、鐵が両の掌で琥珀の頬を包み込んだ。

「つまらなくない祭りを見てみたいのだろう？　琥珀の為に月白と色々準備をせねばならぬ。一時の事だ、堪えてくれるな？」

こはくの、ため？

「うう……」

そう言われたら我《わ》儘《まま》を言い続ける訳にもいかない。

でも出掛けていったきり、鐵が二度と帰ってこなかったらどうしよう？

不安で不安で、琥珀の耳はぺそりと倒れてしまう。

清めを終えた琥珀が鐵に手を引かれとぼとぼとあばら屋に戻ると、家の前で鳥子と二人の子供が待っていた。

「もう来ていたか。待たせてすまぬ」

「いいええ、とんでもないですよう。いつも狐神様のお世話をしていただいているんですし」

鐵は引き戸を開け、鳥子たちを家に通した。琥珀はぎゅっと鐵の袖を握りしめ、俯く。

「琥珀、会った事があるだろう？　鳥子殿に、小太郎《こたろう》に、桃葉《ももは》だ。私が留守の間、鳥子殿の言う事をよく聞くんだぞ」

「……うう」

鐵はよく熟れた桃を一つ、琥珀に渡した。桃は初めて口にした時から琥珀の大好物だ。

涙目のまま一口齧ると、甘い露が口の中に広がる。

——おいしい。

だが、哀しい気持ちは変わらない。

「それでは鳥子殿、よろしく頼む」

鐵が頭を下げると、少し年上らしい鳥子は大きく頷いた。

「はいよ。頑張ってきておくれな」

「おまえたちも琥珀と仲良くしてやってくれ」

「はい！」

琥珀は二人の子供にも桃を握らせ挨拶を終える。

だが鐵が出掛けようとすると、琥珀が勢いよく立ち上がり土間に駆け下りた。鐵の腰にぎゅーっとしがみつく。

「琥珀……。ほんの一時留守にするだけだ。すぐ戻ってくる」

まるでこれが今生《こんじょう》の別れであるかのような悲愴《ひそう》な様子に、鐵は苦笑した。

全身で行って欲しくないと訴える琥珀の頭をもう一度撫で、鳥ガラのように細い軀をそっと押しやる。野良仕事に鍛えられた鳥子の腕が琥珀を受け取った。

「そうだよ。鐵様はちゃんと帰ってくるよ。のろのろしていたら皆がさっさと狐神様の所へ帰れーって追い立ててくれるさ」

琥珀は頬を膨らませた。

それくらい琥珀にだってちゃんとわかっている。鐵は琥珀に嘘をつかない。

だが鐵が遠ざかってゆくにつれ、身の裡を満たしていたあたたかいものが消えてゆくような心持ちがして、琥珀は淋しくてならなかった。

鐵の背中が見えなくなると、鳥子がしゃくり上げる琥珀の髪をくしゃくしゃと掻き回す。鳥子の手つきは鐵と違って乱暴だ。

「や……っ」

「いつまでもべそべそしているなんて、赤子みたいですよ、狐神様。もう大きくなられたのだから、しゃんとなさらなきゃあ。狐神様がいつもひっついていたら、鐵様だって困っちゃいますよう」

「そんなこと、ないもん……」

琥珀は涙目で唇を尖らせた。

「それに何も鐵様でなくとも、山里にはお世話が上手な女衆がいっぱいいるんですよ。あんなむさくるしい男の何が気に入ったんですか、狐神様は」

琥珀は黙っている。

何が、と問われたら、琥珀は鐵の全部が好きだ。頭を撫でてくれる無骨な手も、里人のように琥珀に接する度やたら緊張したりしない所も、匂いも、実は形のよい鼻も、優しい所も。いつまでだって一緒にいたいと思わされる。皆はそうでないのだろうか?

見た目通りさっぱりした気性をしているらしい、鳥子はいつまでも琥珀に構おうとはせず、両手を腰に当てて、さて、とあばら屋の内部へと向き直った。

「狐神様がいるってのに、随分と汚い所に住んでるんだねえ、鐵様は。女手がないとはいえ、酷いもんだ」

鐵をけなすような言葉に琥珀はむっとする。涙の跡の残る頬が膨らんだのを見て、鳥子は眉を上げた。

「おや狐神様、あたしは悪口を言ってるんじゃありませんよ、本当の事だからね。小太郎、桃葉、筵《むしろ》を外に出して干しな。狐神様はお手数ですが水場がどこにあるのか教えてくれませんかね」

喋りながら鳥子はてきぱきと動きだす。

二人の子供が衝立《ついたて》を挟んで並べられていた二組の筵《むしろ》をそれぞれ丸めて運んでいった。桶《おけ》を持ってあばら屋から出てきた鳥子を、琥珀が森の中のせせらぎまで案内する。鳥子は手際よく袂《たもと》をたすき掛けにし、水際へと下りた。

「狐神様は小太郎と桃葉と遊んでおいで。森に入っちゃいけないよ。あたしの目の届く所にいるんです」

襤褸《ぼろ》をすすぎ水桶に水を汲《く》む鳥子に琥珀はこっくり頷いてみせる。

重い水桶を頭に乗せあばら屋に戻った鳥子は雑巾掛けを始めた。鐵は汚したら拭くくらいで、こんな本格的な掃除などした事がない。物珍しげに眺める琥珀の袖を誰かが引く。

「来いよ」

振り向けば小太郎という、如何にもやんちゃそうな顔立ちの子供がにかりと笑っていた。前歯の欠けた顔を、泣いたせいでまだ赤い目で見返し、琥珀はこっくりと頷く。

「……ん」

稲刈りの時期が近づいてきているとはいえまだ陽差しは強い。

畑の隅の涼しい木陰に移動すると、三人の子供はもらった桃を囓り始めた。

「鳥子は働き者だけど、こえーんだ。邪魔をしたら箒《ほうき》で叩かれる」

箒ってなんだろうと思いながら琥珀は頷いた。確かに鳥子は声も大きいうえ口調がきつく、少し怖い。

「ねえね、狐神様、ちょっとだけ尻尾にさわってもいい？」

桃葉は先刻から琥珀の尻尾をちらちら盗み見ていた。琥珀自慢の蜂蜜色の尻尾はつやつやのふかふかで、見るからにさわり心地がよさそうだ。

「や……やだ……っ」

琥珀は尻尾を軀に巻き付け、ぎゅっと手で押さえる。

「えー、なんでだ、ケチ」

「小太郎、そういう言い方したらだめ。ね、狐神様、ちょっとだけ！　ほんのちょっとでいいんだ。さわらせてくれたら、鐵様が山里で何をしているのか教えたげる」

「えっ」

鐵が今、何をしているか？

――知りたい。

琥珀は左右に座る桃葉と小太郎を交互に見つめた。二人とも目をきらきらさせ、琥珀の返答を待っている。

「ちょっとだけ、だよ……？」

躊躇《ためら》いがちに許可を出すと、桃葉と小太郎はそっと艶やかな毛並みに手を伸ばした。

琥珀はぎゅっと目を瞑り、躯をびくびく震わせる。

「いてえのか？　狐神様」

「う……ううん……。くすぐったい……」

「ええ？　くすぐったいの？　じゃあこれは？」

尻尾以外の場所までくすぐられ、琥珀はびっくりした。

「や……っ、や、だめ……っ。きゃん……っ」

逃げ出そうとしたものの、二人掛かりでくすぐられては敵わない。

――なんでこんな事するんだろ。

身をよじりながら盗み見た桃葉も小太郎も楽しそうに笑っており、意地悪をしている風ではない。

だから琥珀も思い切って手を伸ばしてみた。

小太郎を捕まえくすぐり返すと、桃葉も琥珀に味方してくれる。くすぐられた小太郎は身悶《みもだ》えながらきゃーきゃー奇声を発し笑い転げた。

あれ？　なんか、たのしい……？

枯れ葉色の髪が跳ねる。あたたかい土の上を転げ回って子供たちは遊ぶ。

琥珀もいつの間にかくすぐられたからではない、本物の笑い声をあげていた。

心地のよい木陰でひとしきりふざけ合って、笑い転げて。

地面に座り込んではあはあ喘いでいると、鳥子が般若《はんにゃ》のような形相でやってきた。

「こら！　着物を泥だらけにして、何やってんだいあんたたちは」

「わわ、鳥子……」

「其処に川があるんだ。ちゃんと自分たちで洗濯しな」

「えー」

「えーじゃないだろ。小太郎、あんたのかーちゃんが毎日どんだけ大変な思いしてんのかわかってんのかい」

「いててっ」

鳥子に耳を引っ張られている小太郎を見て、琥珀は思わず両耳を手で押さえた。

「狐神様、川に行こ」

「う、うん……」

「そうだ。ちゃんと綺麗にしておいで」

鳥子の視線を感じながら、三人の子供は逃げるように森の奥へと向かう。せせらぎまで行くと、小太郎が着物を脱ぎ始めた。琥珀も真似て帯を解く。はらりと足元に落ちた白い着物は鳥子が怒ったのも頷ける汚れっぷりだった。

「貸して。あたしが洗ったげる」

桃葉が琥珀の着物を手に、川に入る。

「あっ、桃葉、俺のもやってよ」

「やあよ。小太郎は自分で洗いな」

二人が浅瀬にしゃがみ込み泥を落とすのを琥珀はぼーっと川岸で眺めた。

「な、鳥子、怖いだろ」

小太郎が適当に着物を振りながら琥珀にしたり顔で言う。琥珀がこくんと頷いたちょうどその時、後ろの茂みががさりと鳴った。

振り向いた琥珀は鳥子の姿を見て腰を抜かしそうになった。

「ふん」

鳥子の腕には汚れ物が山のように抱えられている。鐵と琥珀の着物だ。

大きな岩の上にどさりと下ろし、鳥子も洗濯を始めた。

居心地の悪い空気に、琥珀はもじもじする。そそくさと洗濯を終えた桃葉が川から上がろうとすると、鳥子がぐいと片腕を突き出した。

「できたのかい」

「うん」

「こっちに寄越しな。あとはあたしがやっとくから」

「え。ありがと」

軽く絞った着物を鳥子に渡すと、桃葉は逃げるように琥珀の傍へとやってきた。やる気なさそうにせせらぎの中にしゃがみ込んでいた小次郎が嬉しそうに顔を上げる。

「えっ、じゃあ俺のも……」

「あんたはだめ。全然泥が落ちてないじゃないか。しっかり汚れた場所をすすぐんだよ」

がみがみと小太郎を叱りつけながらも鳥子の手は止まっていない。元の色もわからない程汚れた着物をぐいぐいと擦って洗っている。

琥珀は桃葉に手を引かれ、陽当たりのいい岩の上に並んで座った。

「ねえ、狐神様、この鈴は？　月白様にいただいたの？」

桃葉が琥珀の胸元に目を止める。

琥珀が身じろぐと、鈴はちりりと涼やかな音を立て、陽の光を反射した。

「ちがうよ。くろがくれたんだ」

「いいなあ。光ってて……綺麗だあ」

「くふふ」

鐵にもらった鈴を褒められ嬉しくなった琥珀は満面の笑みを浮かべた。桃葉が琥珀の耳元に顔を寄せ、ひそひそと囁く。

「あのね、鐵様はね、月白様の所に舞の稽古《けいこ》をしに行ったんだよ」

「まいの……けいこ？」

「そうよ。狐神様に奉じる舞」

「こはくにほうじる、まい？　……だったら、こはくも連れてってくれればよかったのに」

琥珀は大きすぎる頭を傾げる。

ようやく烏子から合格をもらえた小太郎も川から上がってきて岩に座った。

「狐神様、わかってねーな。練習する所なんて見られたら本番がつまんなくなっちまうだろ。いいか、皆狐神様に楽しんでいただく為に祭りを準備してんだ。いーっぱい稲を実らせてくれてありがとうって、近隣のもんが皆集まって狐神様に礼を言う為にな。だから狐神様は準備する所なんて見ちゃ駄目なんだよ」

琥珀はびっくりして耳を立てた。

――ぜんぶ、こはくのためなの？

「毎年、月白様が舞を奉じていらしたんだ。とっても凛々《りり》しくて綺麗だったなあ。月白様、里の男たちと違って背が高くて品があるし……まあ、今年はあんな風にはいかないんだろうけど」

「あのぼさぼさの頭にどうやって冠《かんむり》を被るんだろな」

くすくすと笑う子供たちに、琥珀は眉尻を下げる。

鐵が月白以上に見事な舞——舞というものがどういうものか琥珀にはよくわからないが——を奉じてのける事を琥珀は信じて疑わないが、確かにあの蓬髪は始末に困りそうだ。

女の子だからか、少し大人びた所のある桃葉が品定めするような視線をあちこちに向ける。

「鐵様の家は山の中にあるって聞いてたけど、本当に誰もいない場所に住んでるのね。熊が出たりしない？」

「へいきだよ。雷鳴がいるもの」

おずおずと答える琥珀に、桃葉が聞き返した。

「らいめい？」

「ん。雷鳴。あう？」

「え……」

二人が返事をするより先に、それまでなんの気配もなかった後ろの藪《やぶ》から大きな狼犬がぬっと首を突き出した。

「わ！」

「狼だ！」

悲鳴をあげ飛び退いた子供たちを雷鳴が剣呑《けんのん》な目つきで睨《ね》めつける。のそのそと近づいてきた雷鳴が身をすり寄せ座り込むと、琥珀は若木のような両腕を漆黒の毛で覆われた首に回した。

「雷鳴、こわくないよ。いいこだよ」

雷鳴に頬擦りしてみせ、琥珀は垂れ気味の目元を笑ませる。

琥珀も最初はこの大きな獣を怖いと思っていたが、すぐに恐れる必要はないのだと理解した。雷鳴は鐵の命を忠実に守る。むやみに咬みついたりしない。

木の陰に隠れていた子供たちがおずおずと戻ってくる。

「こんなでっかい犬、初めて見たぞ。すげーなおまえ、怖くねーのかよ」

「小太郎、おまえじゃなくて『狐神様』。烏子に聞かれたらぶたれるよ」

桃葉が小太郎の脇腹をつつく。

「あ、そか」

「狐神様はどうして月白様のお屋敷で暮らさないの？　鐵様って、怖くない？」

信じられない事を言われ、琥珀は髪が跳ねる程勢いよく顔を上げた。

「こわくないよ！　くろ、とってもやさしいよ」

「やさしい〜？」

小太郎が馬鹿にしたように笑った。

「あいつ、落ちぶれて都にいられなくなったんだろ？　おとうが言っていた。都に行くって話ならよく聞くけど、都から落ちてきた奴の話なんか聞いた事ねえって。汚いし、なんで狐神様があんな奴の事ひいきにするのかわかんねえって」

琥珀の唇がきゅっと引き結ばれた。

「小太郎！」

「なんだよ、桃葉だって鐵様の事、ちょっと前まで鬼って呼んでたろ？」

本当なのだろう、桃葉の顔が赤くなる。

「もう。そんな風に言っちゃだめだって言われたろ。鐵様は狐神様のお気に入りなんだから」

琥珀は雷鳴の被毛を握りしめる手に力を込めた。

——だから、なに？

琥珀のお気に入りだから、だから皆くろと仲良くするの？　本当はくろが、きらいなの？

琥珀はひどく切なくなった。

鐵は優しいのに。

あんなにあんなに優しいのに。

雷鳴が不意に頭をもたげ、琥珀の顔を舐める。琥珀は唇を噛み、鐵がくれた鈴を握りしめた。

五、

てんつくてんつくと太鼓《たいこ》の音が聞こえてくる。いつもは人気《ひとけ》のない境内に人が溢れ、賑やかな雰囲気だ。

待ちに待った祭りの日、琥珀《こはく》は社の中にいた。純白の袍《ほう》に足を全部隠す丈の長い指貫《さしぬき》を身につけ蜂蜜色の耳の間には冠まで載せて、御簾《みす》の奥に設えられた畳の上に座っている。

首元にはいつもの鈴が下がっていた。月白《つきしろ》は鐵《くろがね》がくれた鈴も外させようとしたのだが、こればかりは琥珀が頑《がん》として応じなかったのだ。

篝火が焚かれているとはいえ夜の境内は暗く、御簾を通して明るい社の中が透けて見える。里人たちは次々に社の前に進み出て供物を捧げては、幼いなりに整った琥珀の姿にほうと感嘆の溜息をついた。

祭り上げられている当の琥珀は、その度落ち着かない気分に襲われていた。

こはく、こんな所にいて、本当にいいのかな。

こはく、何もしていないのに。

綺麗な晴れ着に飾られ、一段高くなった畳の上でふんぞりかえっているのは気が咎める。おまけに朝、支度があるからと引き離されたきり、琥珀は鐵の姿を見ていなかった。潔斎《けっさい》をせねばならないと月白の手で沐浴させられ、いつもとは違う動きにくい衣装を着せられ、琥珀は祭りを楽しむどころか嫌気が差し始めている。

全部鐵がしてくれるのならよかったのに。

機嫌が悪く、時にはべそをかこうとする琥珀を、月白は巧みにいなした。

「そらそら、綺麗にして、鐵に目が覚めるような晴れ姿を見せてやろうではないか。鐵も狐神様にいい所を見せる為にずっと準備をしてきたのだ。祭りはもう厭だなどと狐神様がべそをかいたら、がっかりするに違いないぞ」

琥珀は眉間に皺を寄せる。

鐵を困らせたくはない。綺麗になった自分の姿も見せたい。

かくして琥珀は月白の掌の上で転がされ、社の中に座っている。だが鐵はなかなか現れないうえ、じろじろと眺め回す里人たちの視線が鬱陶《うっとう》しい。

琥珀はお冠だ。

「今しばらくの辛抱だ。しっかり役目を果たされている狐神様を見たらきっと鐵は感心して褒めてくれるぞ」

そう月白に言われては駄々をこねて暴れるのもはばかられ、琥珀は唇を尖らせて尻尾でぽふんぽふんと畳を叩いた。

境内には近隣の里の者が老若男女問わずひしめいていたが、不思議な事に社の正面だけぽかりと四角い空間が開けていた。四隅に笹《ささ》の枝が立てられているだけでなんの仕切りもないのに、誰もその中には立ち入ろうとしない。

「おおそうだ、これを桃葉《ももは》と小太郎《こたろう》から言付かっていたんだった」

月白が思い出したように小さな巾着《きんちゃく》袋を取り出した。

「酷い事言ってごめんなさいと伝えてくれと言われたぞ。喧嘩でもしたのか?」

袋には山で集めたのだろう、木の実が入っていた。

謝る為にあの二人は、わざわざ木の実拾いに行ったのだろうか。

琥珀は袖の中に巾着を仕舞うと、立てた膝の上に顎を乗せた。

「山里の皆は、くろがきらいなの?」

「うん? なぜそう思われる?」

「里の子が言ってたよ。皆、くろを鬼って呼んでいたって」

月白は飄々《ひょうひょう》とした顔を曇らせると、言葉を探すように冠の位置を直した。

今日の月白はいつもと異なり浄衣《じょうえ》を身につけている。まだきちんと座る事ができず崩した足の傍らには白木の杖が置いてあった。

「酷いと思われるかもしれぬが、人は自分がつらい時には人にもつらく当たってしまうものなのだ。ずっとこの山里は貧しくてな。他人を気にかける余裕などなかった。人に施しをしたら自分が飢えてしまうのだから、よそから来た者など厄介者としか思えなかったのだ。だがな、暮らし向きがよくなれば、心も豊かになる。それだけ人に優しくする事ができるようにもなる。狐神様にはわからぬだろうが、狐神様が現れて食うのに困らなくなってから、山里の雰囲気は去年までとまるで違っておるのだぞ」

――そうなのだろうか。

琥珀にはよくわからない。

「里人を怒るなよ。この山里は毎年飢えて、あるいは凍えて死ぬ者が必ず出る程貧しかったのだ。昨年はおまけに妙な時期に霜が降りた。蓄えがないに等しいなか、皆、収穫の時期を迎えるまで身を削る思いで狐神様への供物を捻出していたのだぞ」

琥珀は顔をしかめた。

ひもじいのはつらい。そうまでしてくれなくてよかったのにと琥珀は思う。

「だが狐神様のおかげで今年の実りは豊かだった。狐神様は必ず報いてくださるからと、里人たちを口説いた甲斐があったわ。皆、狐神様に感謝しておる。狐神様の世話をきちんとしてくれた鐵にもな」

琥珀は里人たちで賑わう境内へと目を遣った。

耳を立てるとさやさやと擦れる笹の葉の音と、篝火の薪が弾ける音が聞こえてくる。

――ほんに今年の実りはようございましたなあ。

――米が去年の倍もとれたぞ。

——山に入ったら鹿が狩ってくださいとばかりに目の前に飛び出てきた。

——なんて霊験《れいげん》あらたかなんだろうかのう、狐神様は。

——ありがたや、ありがたや——。

社の庇《ひさし》の間には供物が山と積まれている。だが琥珀はちっとも嬉しくない。

「でも豊作って、本当にこはくのせいなのかな」

琥珀の不安を、月白はなんの迷いもなく笑い飛ばす。

「はは、何を言っておられる。狐神様がいらしたからに決まっておるではないか」

それが月白の思い込みではないと、どうしてわかるんだろう。

琥珀と同い年くらいの子供が社の前に進み出てきて、あけびを二つ供物の山の端にそっと置いた。山では貴重な甘味である。そうでなくても食べたい盛り、自分の口に入れたいだろうに、子らは琥珀に捧げると、深々と頭を下げた。

——こはく、なんにもしてないのに。

落ち着きなく動いていた尻尾が止まる。

こはくって、なんなんだろ。

狐耳と尻尾があるから、皆と違うのは確かなのだろうけど、神様であるという気はぜんぜんしない。

こはく、皆のために一体何ができるんだろ——？

てんつくてんつく陽気に打ち鳴らされていた太鼓の音が不意にやんだ。

境内を埋め尽くしている人々が口を噤《つぐ》む。月白が杖に縋って立ち上がり、視界を遮っていた御簾を上げた。鳥居の下に、ぽつんと一人佇《たたず》む男がいる。

いつの間にか参道の上から里人の姿が消え、まっすぐ鳥居まで見通せるようになっていた。男は白地に青《あお》摺《ず》りの袍に身を包んでいた。指貫には色鮮やかな文様が描かれ、頭の後ろでは鳥の尾羽根のように突き出した冠の纓《えい》が揺れている。

香油を使ってくしけずられた強《こわ》い髪は一つに括られていた。

荒削りではあるが、凛々しく整った顔立ち。

まっすぐに琥珀を見つめる目の光は強い。

琥珀は、息を呑んだ。

――――くろだ！

無精髭は綺麗に剃《そ》られ、鳥の巣のようだった蓬髪《ほうはつ》も綺麗に整えられていたが、琥珀にはわかった。目の前にいるこの涼やかな姿の男は鐵なのだと。

独特の足取りで鐵は社の前へと進み出る。

観衆は言葉もなく、食い入るように鐵を見つめた。

鐵が四本立てられた笹の中央に立つと、笛の音が響き始める。笹に囲まれた地が、鐵の舞台らしい。

笛の音に合わせ、鐵が緩やかに舞い始める。

滑るように動いた鐵の足が地を踏みしめた。ゆうるりと振り上げられる腕が、見る人を幽玄《ゆうげん》の世界へと誘《いざな》う。

古くから伝えられてきた舞楽の振りは単調で繰り返しが多いが、舞い手の技量が観衆を退屈させない。一つ一つの仕草が美しく、いつまでも見ていたいと思わせる。闇の中で、鐵の姿だけが篝火を受け浮かび上がっているようだ。

琥珀は頰を真っ赤に上気させ、夢中になって鐵を見つめる。

――――きれい――――。

だが素晴らしい時はあっという間に過ぎていってしまう。

素朴な笛の音は程なく余韻を残し絶えた。

神に捧げるにふさわしい典雅な舞を演じ終わり、鐵はまた篚の中央でひたりと静止する。

肩の力をふっと抜くと流れるような動作で膝を突き、琥珀に向かって一礼する。

人々は皆、息をするのすら忘れてしまったかのように静まりかえっていた。

続いていつの間にか社の中から消えていた月白が、幣《へい》を手に社の前に進み出て、豊作を言祝《ことほ》ぐ祝詞《のりと》を奏上し始める。

呪文のような文言が並べ立てられるのを、琥珀はぼーっと聞いていた。頭の中は見たばかりの鐵の姿でいっぱいだ。誰よりも気高く美しかった鐵が誇らしくて嬉しくてたまらない。

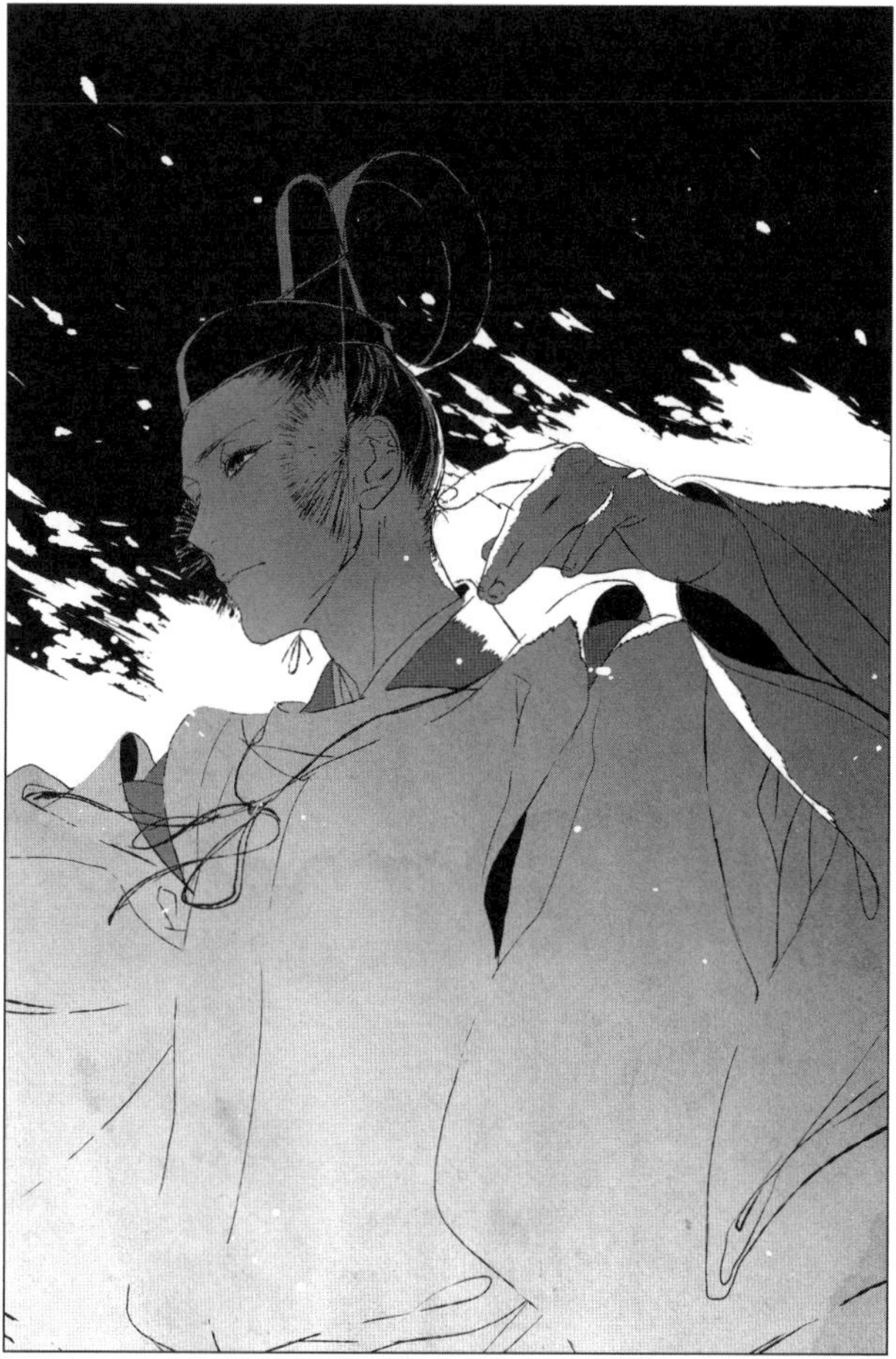

ぱさりと幣が振られ儀式が終わると、鐵が現れてからずっと口を閉ざしていた里人たちが一斉に溜息めいた声を漏らした。

ようやく役目を終え自由になった鐵が社へと歩いてこようとするが、興奮冷めやらぬ様子の里人たちに次々と話しかけられなかなか琥珀の元まで辿り着けない。琥珀はしばらく耳をへたりと倒し、うっとりとした顔つきで鐵を見つめていたが、時間を経るにつれ苛立たしげに尻尾で床を叩き始めた。

耳をぴんと立て、頬を膨らませる。

「ずっと一人にしてすまなかったな、琥珀」

ようやく社に上がってきた鐵が片膝を突き微笑みかける。昨日までと全然違う甘やかな表情に、琥珀はちろりと鐵を盗み見るなりたちまち首まで赤く染めそっぽを向いた。

「くろなんて、もう知らないっ。ずっとこはくをほっぽって、みんなにニコニコして……」

「琥珀？」

完全に背を向けてしまった琥珀に、鐵は秀麗な顔を曇らせた。

「どうした、放っておかれたから拗《す》ねているのか？　おまえの為に舞ったのだぞ。機嫌を直せ」

注意を引こうとしたのだろう、尻尾をそっと握られ、琥珀は全身の毛を逆立たせた。

「しっぽ、さわっちゃ、やだ……っ」

びくびくと軀が震える。

「こっちを向けばさわらぬ。舞を見てくれたか、琥珀」

おずおずと振り向くと琥珀は俯いた。なんだか恥ずかしくて鐵の顔を見ていられず、下を向いたままこっくり頷く。

「そうか。どうだった？」

琥珀はもじもじと袘の括り紐を弄《いじ》った。

「あの……えと……、月の光みたいだった」

「月の光」

思いがけない言葉に鐵は虚を衝かれたような顔をしたが、すぐに目元を緩めた。

「琥珀も斎服《さいふく》がよく似合っておるぞ。こんなに見目麗しい童《わらわ》は、都でも見た事がない」

「ほんと……？」

思わず鐵の顔を正面から見てしまい、琥珀はまた慌てて俯いた。髪や髭で隠されていた時と違い、鐵の顔は男らしい魅力に溢れている。

……心の臓が胸の中で勢いよく跳ね回って、今にも破裂してしまいそうだ——。

「えと……ありがと」

「もうすぐ終わるからな。それまで我慢して待っていてくれ。私は月白に挨拶してくる」

「……ん」

琥珀の頬を軽く撫で社から出ていく鐵を、琥珀はぽうっとして見送った。

「くふふ」

口元に拳を当て含み笑い、琥珀はぶんぶんと尻尾を振り回す。本当は社から下り境内を駆け回りたいが、そんな事をしたらきっと鐵が眉を顰めるからやらない。

一人畳の上で悶えていると、女衆の声が聞こえた。

——さっき舞ったの、誰？

——知っているでしょう、鐵様よ。

——信じられない！　熊みたいだと思っていたのに、まさかあんな凛々しい若君だったなんて——！

こはくはちゃんと知ってたもんねっ。

琥珀は鼻高々だ。

——都から来ただけあって、水際立った男前だねえ。里の男衆なんか目じゃないじゃないか。

——狩りの腕も立つんでしょう？　私、鐵様の嫁になろうかな。

——今まで鬼呼ばわりしていたくせに何言ってんの？

——あんただって！

——あたしはあのあばら屋を掃除して狐神様のお世話をした事があるんだ。鐵様の嫁になるとしたら、あたしだね。

だが女衆の言葉を聞いているうちに、はちきれんばかりに膨らんでいた幸福な気持ちはへなへなと縮んでいった。

皆がくろを見直している。嬉しいけど——里の女にくろを取られたら、どうしよう。

片足を引きずり大儀そうに社に戻ってきた月白が、難しい顔をしている琥珀に気が付き、首を傾げた。

「——どうされた、狐神様」

琥珀はきっとなって月白を見上げる。

「あのねっ、つきしろ——ヨメって、なに？」

＋　＋　＋

時折夜鳥の声が聞こえる以外なんの音もしない夜の静寂《しじま》に、かすかな衣擦れの音が生まれた。

金色の輝きが二つ闇の中に浮かぶ。

光は静かに衝立を回り込み、寝息を立てている美丈夫《びじょうふ》を見下ろした。

たとえ暗くとも人とは違う獣の目ならば、なめらかな額も、里人に比べれば細く高い鼻梁《びりょう》も、涼やかな目元も全て見て取れる。

しばらく男を見つめた後、金の眼《まなこ》の持ち主は静かに掛けてあった着物をめくり上げようとした。だがいたずらな細い手首は、寝ていた筈の男にあっけなく握り込まれてしまう。

「どうした琥珀、眠れないのか」

今まで眠っていたとは思えないしっかりした声で問われ、琥珀は飛び上がった。ばくばくする心臓の上を空いている方の手で押さえ、ぺたりとその場に座り込む。

寝ぼけていると思ったのか、鐵は細い腰を引き寄せ隣に寝かせようとした。琥珀は慌ててその手を振り払い、鐵の横にきちんと正座する。

「……琥珀?」

深呼吸して心を落ち着けてから琥珀はひたと鐵を見つめ、細い声で願った。

「あのね、くろ。こはくをくろのヨメにして」

鐵の動きが止まった。

琥珀はどきどきしながら鐵の返事を待つ。

やがて鐵がうっそりと起き上がり、あぐらをかいた。思慮深い黒い瞳が闇に透けて見える。だが何も言ってはくれない。沈黙が重く琥珀にのしかかる。

――もしかして、いやなのかな。

恐ろしい疑念に駆られ、琥珀は唇を噛んだ。

本当は鐵が社に戻ってきたらすぐ話をするつもりだった。だが月白に色々教えてもらった以降の記憶が琥珀にはない。多分疲れて寝入ってしまったのだろう、目が覚めたらいつもの寝床にいてびっくりした。

眠っている琥珀を鐵が此処《こ こ》まで運んでくれたのに違いない。大失態である。

此処で挫《くじ》ける訳にはいかないと鐵の褥《しとね》に潜り込もうとしたのだが、結局疲れて眠っていた鐵を起こしてしまったらしい。どうにもダメダメである。

不安そうな童の顔を眺めながら、鐵は無精髭のない顎を掌で擦る。

「琥珀、嫁になるというのがどういう事なのか知っているのか?」

子供扱いされているのだと思った琥珀は、きりりと淡い色の眉を上げた。

「知ってるよ」

最前《さいぜん》月白に教えてもらったばかりの知識を琥珀は少し自慢げに披露しようとする。

嫁とは何かと問われた月白は今の鐵と同じような顔をしていた。

——ううむ、そうだな。嫁になるとはややを——、いや、一つ家に暮らして閨《ねや》を共に——っ、いや待てそうだ、一生を共に暮らす一番の仲良しになると約束する事だ。

いちばんの、なかよし。

月白の説明を聞いて琥珀は愕然とした。

鐵の一番の仲良しは琥珀だ。それなのに山里の女衆は琥珀を差し置いて鐵の一番になろうとしていたのだ。

——ううん、待って。そもそもこはくは本当にくろの一番なのかな。

ふとそんな事に気付いてしまった琥珀は恐慌状態に陥った。

琥珀はまだ箸もちゃんと使えないいし、鐵が傍にいてくれなければ厭だと我が儘ばかり言っている。手の掛かる子だと鐵が内心で呆れていても不思議はない。

一番だと思っていたのは琥珀だけなのかもしれない。

女衆に嫁にしてくれと言われたら、琥珀の事など思い出しもせず嫁にしてしまうのかも。

——そんなの、や。

いてもたってもいられなくなってしまった琥珀は、そわそわと尻尾を揺らした。

「ずうっといっしょにいるって、約束する事でしょ？　夜もいっしょに寝るんだよ」

閨とは、確か寝床の事だった筈だ。

鐵の表情がふっと緩んだ。

「琥珀は物知りだな」

褒められて嬉しくなった琥珀は此処ぞとばかりに頼み込む。

「ね、くろ、だめ？」

鐵は息を吐き出すと、後ろで一つに括っていた髪を解いた。

艶やかな髪が肩に流れる。あらぬ方を見遣りながら癖のついた髪を手櫛《てぐし》で掻き上げる仕草の男っぽさに、琥珀は目を眇めた。

「……琥珀、おまえは神だ。別に私のような男を選ばずともよいのではないか？」

「くろがいい。他の人じゃ、や」

琥珀はずいと膝を進め、鐵の直垂《ひたたれ》の袖を握りしめる。

鐵は小さな手を見下ろした。

「琥珀は私とずっと一緒にいたいと思ってくれるのか」

琥珀の細い声に迷いはない。

「うん。こはく、くろの一番になりたいし、ずっとずっといっしょにいたい」

琥珀は真剣だった。本気で鐵の一番の座を確保したいと切望していた。

くろが、すき。

琥珀はまだ幼いが、その思いは紛れもなく本物で、真摯《しんし》だ。

鐵の唇の端がゆっくりと持ち上がる。

目を伏せ、鐵は頷いた。

「そうか。なら今から琥珀は私の嫁だ」

幼いながらも整った顔立ちが花が開くようにほころんでゆく。

――うれしい。

「ん！」

ずいと小指を差し出し、琥珀は一回りも大きな鐵の手を引っ張った。琥珀にとって、約束といえば指切りげんまんだ。鐵が苦笑しながら小指を立てると、他愛のない童歌と共に呪《しゅ》が結ばれる。

「ゆびきりげんまん、うそついたらはりせんぼん、のーます」

勢いよく指を切った琥珀が、垂れた目尻を更に幸せそうに蕩《とろ》けさせる。

「これでこはく、くろのヨメ？」

「ああ」

安心し膝に上ってきた琥珀を、鐵は柔らかく抱く。無骨な指に戯れるように髪を梳かれ、琥珀は気持ちよさそうに目を細めた。

「こはくね、すごくうれしい」

「そうか。——私もおまえに会えてよかったと、心から思っているぞ」

しみじみと言われ、琥珀は軀から力を抜いた。鐵に身を任せ、頬をすり寄せる。

「こはくもっ。こはくね、おやしろでくろみた時、あんまりきれいだったから胸が壊れそうになったよ」

「——そうか」

美しく舞う鐵を思い出したら芋蔓式《いもづるしき》に色めき立つ女たちの声まで思い出され、琥珀はなめらかな眉間に縦皺を刻んだ。

「鳥子《ちょうこ》とか桃葉とか、み〜んなくろ見てぽーっとしてた」

「ほう」

軽く聞き流され、琥珀は鐵の胸に預けていた頭を反らした。

「鳥子や桃葉もくろのヨメになりたいっていってくるかもしれないよ？　そしたらくろ、どうするの？」

心配そうな琥珀に、鐵は苦笑しつつ頷く。

「はは、私のような男の嫁になろうとするのは琥珀くらいなものだ。このような――鬼のようにむさくるしい男を慕ってくれる者など、他にはおらぬよ」

どこか淋《さび》しげな鐵の表情に、琥珀は見入った。

――鬼、と。

里人たちが口にした際の蔑《さげす》むような口調を思い出す。

急に込み上げてきた口惜《くや》しくてやるせない気分に突き動かされるまま、琥珀は伸び上がって鐵の頭を抱きかかえた。

「そんなこと、ないよ……？」

鐵は頭を仰け反らせて琥珀を見上げ、小さな背を抱き返す。

「はは、嬉しい事を言ってくれるな。さあ、もう寝ろ、琥珀」

もやもやとした気持ちを抱え唇を尖らせている琥珀の為に鐵が少し端に寄り、上掛けにしている着物を持ち上げた。

——そうだ、ヨメになったのだから、今日からまたくろといっしょに寝られるんだ！

そう思い出した琥珀はいそいそと鐵の横に潜り込む。

「そら、もっとこっちに寄れ」

上掛けから飛び出していた細いばかりで色気のないふくらはぎをしっかりくるみ直してやると、鐵も横になった。

「ね、くろ。めおとになったって事は、ややもできちゃうのかな」

ふと月白が子について触れていたのを思い出し尋ねてみると、琥珀を包み込んでいた軀が小さく揺れた。

「くろ？」

鐵は笑いを堪えるような変な顔をしていたが、いつもと同じように優しく琥珀の頭を撫でてくれた。

「そうだな。仲睦《なかむつ》まじくしていれば、できるやもしれぬな」

「仲睦まじくしていたらできるの？　じゃあこはくたち、きっとこだくさんになっちゃうね」

「——琥珀はややが欲しいのか？」

「…………え？」

ほしいのかな？　琥珀は考え込む。

そもそもどうしてこんな話をし始めたんだっけ？

鐵がゆっくりと琥珀の背中を叩き始める。心地よい振動が眠気を誘う。

琥珀は大きなあくびをし、鐵の胸に頬をすり寄せ目を閉じた。

夜鳥の声はもう聞こえない。夜明けが近づいている。

ぴったりと身を寄せ合い、夫婦《めおと》となったばかりの二人は眠りのなかに沈んでいった。

＋　＋　＋

翌朝、夜更かしのせいで午《ひる》近い刻限まで寝こけていた二人は、目覚めるなり仰天《ぎょうてん》する事となった。

「……っ！」

琥珀を抱え込むようにして眠っていた鐵が、腕の中に小柄な女性程の大きさの生き物がいるのに気付き飛び起きる。

軀を包み込んでいてくれたぬくもりが消えてしまい、琥珀ももぞもぞと身を起こした。

「んん？」

ちりりと鈴の音が鳴る。蜂蜜色の狐耳がぴこぴこと動く。

鐵を驚かしたのは、琥珀だった。

琥珀は一夜で元服《げんぷく》前後の年頃に見えるしなやかな少年の肢体《したい》を得ていた。素直な猫っ毛は肩胛骨の辺りまで伸びている。元々顔立ちの整った童だったが、成長した琥珀はまさに天上の美を体現したかのようだった。

里の子らとはまるで違う抜けるように白い肌に薄く色づいた唇。近寄り難いとすら感じる美貌のなか、生き生きと輝く琥珀色の瞳だけが変わらない。

膝丈まであった筈の着物の裾からは、もはや子供ではない琥珀の、目を射る程に白い太腿《ふともも》が剝き出しになっていた。

「見て、くろ。こはく、また大きくなってる。くろが嫁にしてくれたおかげかな」

鐵はしばらく呆然と変化《へんか》した琥珀の姿を凝視していたが、寝乱れた頭を搔くととりあえず上掛けにしていた着物を引き寄せ琥珀の足を覆い隠した。

「大きくなったんだから、そんなはしたない格好をしてはいけない。今、着る物を出してやろう。それからもう自分の事を〝琥珀〟とは呼ぶな。童のようだからな」

鐵は隅に置かれていた古い行李《こうり》の中から手早く袴を選び出す。

着古しくたくたになった着物を受け取った琥珀は、いつもの鐵の着替えの様子を思い出しながら着ようとしたが、すぐに手が止まってしまった。

「ね、くろ。着方がよくわかんない……」

鐵はいつも括り袴を上括《しょうくくり》にして穿いている。裾が邪魔にならず動きやすいからだ。逆さにした裾を内側から膝下に縛りつけてから、腰まで引き上げて紐を結べばいいのだが、琥珀は括り緒の結び方がわからなかったらしい。

膝を立てあられもない姿で座り込んでいる琥珀に目を遣ると、鐵は少し躊躇ったものの、手を伸ばし手伝ってやった。

「そら、こんな風に結んで——」

袴を着終わると、伸びた髪も鐵が一つに結んでくれる。細い尻尾のような髪に、琥珀は何度も手で触ってみた。

「ふふ」

小さかった身長も鐵の肩口に届く程に伸びている。鐵に近づけたのが、琥珀は嬉しくてたまらない。

琥珀は朝餉《あさげ》の支度を始めた鐵を追い、小さくなってしまった草鞋《わらじ》を突っ掛け土間に下りた。

「こはく……じゃなくて、えと、僕もお手伝いする」

つかえつかえ宣言すると、鐵が驚く。

「……できるのか？」

「僕、もう大人だよ？」

琥珀は胸を張る。

鐵がつるりとなめらかになった顎を撫でた。

「では畑から一番よく育った菜を取ってきてくれるか」

「ん」

琥珀が勇んで畑に出ると、雷鳴《らいめい》がのっそりと姿を現した。

「おはよう、雷鳴」

雷鳴は前回と同じく、大きくなった琥珀になんの反応も示さない。だが琥珀は一直線に雷鳴に駆け寄ると、もふもふの首に抱きついた。

「雷鳴、僕、昨日、くろの嫁にしてもらったんだよ」

くふふ、と童であった時とまるで同じ笑い声をあげ、琥珀はまた勢いよく立ち上がる。

鳥子にも桃葉にも、里の女衆の誰にも鐵はあげない。琥珀が鐵の一番だ。

琥珀は畑にしゃがみ込むと、真剣に一番に育った菜の選定を始めた。

六、

ゆるゆると冬が近づいてくる。

秋祭りが終わり里人たちが冬支度にいそしむ頃、僧形《そうぎょう》の男が一人、御所を訪れた。

「久しいの。長い事顔を見なんだものだから、もう死んだものと思うておったわ」

平伏する僧の前に現れた帝は座につくなり辛辣《しんらつ》な言葉を吐く。

顔を上げる事を許された僧は滅多にない整った顔立ちに苦笑を浮かべた。

「これはこれはご挨拶ですな」

「して、此度《こたび》はどのような土産《みやげ》を持ってきたのだ」

「これへ」

控えていた男が瑠璃《るり》の瓶子《へいじ》が載った三方《さんぼう》を差し出した。

「ほう」

満足げな帝に、僧は各地で見聞した物事を面白おかしく語り始める。

最後に僧は思い出したように市井《しせい》の噂《うわさ》について口にした。

「そうそう、山深い里にある名も無き社に、狐神が顕現されたという話をご存じでしょうか」

「神、だと?」

帝が目を細めた。

「ええ。見目麗しい童の姿をしており、頭には狐の耳が、尻にはふっさりとした尻尾が生えているとか」

「狐狸《こり》に誑《たぶら》かされているのではないのか？」

「そう疑う者もおるようですな。だが実際、その地方の今年の実りは目を瞠る程よかったと聞いております。おまけに秋祭りで舞楽を奉じた舞い手がまたなんとも涼やかで、童神と寄り添う姿はまるで一幅《いっぷく》の絵のようだったとか。随分深い山の中だというのに、詣《もう》でようとする者もいるという話です」

「ほう」

美しいものに目のない帝はたいそう興味を引かれ、身を乗り出した。

「その話、もう少し詳しく知りたい」

「御心《みこころ》のままに」

僧が深々と頭を下げる。

近従《きんじゅう》に酒を持ってくるよう命じ、帝はまだ若い僧を傍近くへと招き寄せた。

衣擦れの音がさやかに響く。

七、

ころん、ころんと豆が転がる。

「うう……」

琥珀《こはく》は鐵《くろがね》に言いつけられた通り、力の入りすぎた手をぷるぷる震わせながら、古びた膳の上から縁の欠けた椀の中へと箸で豆を移動させていた。箸使いの練習である。

時々逃げ出した豆が板の間で跳ねる。なかには開けっ放しになっていた戸から家の外まで転がり出る豆もある。

琥珀は遠い目で逃げてゆく豆を見送ると、ガチガチに固まってしまっていた肩から力を抜いた。

箸を持ったまま立ち上がり、真新しい草鞋《わらじ》を突っ掛け豆を拾いに表へ出る。

明るい陽の光の下に出た琥珀は、ふと周囲を見回した。

豆を摘まむのに一生懸命で気付かなかったが、いつの間にか薪割りの音がやんでいる。あばら屋の外にいるのだとばかり思っていた鐵の姿がない。

「く……くろ……?」

豆を捕獲しに出た事も忘れ、琥珀は鐵を探しに畑の方まで回ってみた。

収穫後の畑が侘びしく陽を浴びているだけで、やはり鐵はいない。

「くろ、どこ……っ」

琥珀はきょろきょろと辺りを見回す。山里に行くという話は聞いていない。狩りに出るにしろ、鐵は必ず一言言い置いていってくれる筈だ。それとも自分が聞き逃してしまったのだろうか。

それならいい、と琥珀は思う。

ただ出掛けているだけならいい。でも誰もいない畑やあばら屋を眺めていると、まるで初めから鐵など存在していなかったみたいに思えて怖い。

――もしもくろがいなくなってしまったら、どうしよう?

「くろ……っ」

琥珀はぶるりと身震いした。ぶわっと尻尾が膨らむ。

琥珀は必死に鐵を探した。

鐵に会いたいという気持ちだけに集中すると、ふわっとほろ苦い、でも優しい味が味蕾《みらい》に広がる。

唐突に首を回し森の奥を見据えると、琥珀は何かに吸い寄せられるかのようにせせらぎへと続く獣道を辿った。

深い茂みを抜けると、川縁《かわべり》に座って髭をあたる鐵の姿が目に入った。足元に泥の付いた野菜が置いてある。洗いに来たついでに沐浴したのだろう、濡れた髪から光が滴っていた。

引き締まった肉体の美しさに目を奪われ、琥珀は立ち止まる。剝き出しの肩の上でちらちらと揺れる木漏れ陽が眩しい。

祭りは終わったが、鐵はまだこざっぱりとした姿を保っていた。香油こそ使っていないが、髪は綺麗にくしけずり、髭も毎日剃っている。琥珀が、いつもの鐵も好きだけど、その方がもっと好きだとせがんだからだ。

小刀をすすぎ再び顎へと当てた所で、鐵が目を上げた。

「琥珀か、どうした」

「あ……っ、えと、なんでもないけど、くろが急にいなくなったから……」

鐵はほんのり青くなった顎の稜線に小刀を滑らせる。ゆったりとした仕草にどうしてだかどぎまぎしてしまい、琥珀は川縁へと足を進めた。しゃがみ込んで、泥の付いた根菜類を手に取り洗い始める。冷たい川の水に、琥珀の手はみるみるうちに赤くなる。

「すまぬな。豆を移し終わる前に戻るつもりだったのだが」

琥珀はふわふわした気分で首を振る。

小さかった頃とは違って、鐵の役に立てるのが琥珀は嬉しい。

「あの、ね、くろ。今日は僕が夕餉《ゆうげ》を作るね」

「うん？」

「この間くろが教えてくれた、お米とお豆と菜っ葉を入れるやつでいい？　くろ、お米好きでしょ？」

「どうしてそう思う」

綺麗になった根菜を笊《ざる》に並べると、琥珀は立ち上がった。

「だってくろ、お米を使った膳は食べる勢いが違うよ？　いっぱい作るから、お腹いっぱい食べてね」

「……そうか……」

鐵は憮然とした顔で傍らに小刀を置くと、掌で顎を撫でた。剃り残しがないか、確かめているのだ。

童気分が抜けない琥珀はひょいと鐵の膝の上に小さな尻を乗せた。手伝おうと、鐵の剃り跡に両手を伸ばす。

柔らかな美貌に似合わぬ大胆な振る舞いに、鐵は驚き上半身を少し後ろに引いた。

「くろ、此処《ここ》に一本長いのが残っているよ」

直接肌に触れつつしげしげと鐵の顔を眺めていた琥珀が無邪気に瞳をきらめかせ、残っている髭の位置を教える。

「くーろ？」

名前を呼ばれ、闇色の瞳が琥珀を捉えた。

あれ？　と琥珀は首を傾げる。

鐵の目が、いつもと違う。

すごく真剣で、なんだか、どきどきする――？

「おまえはみるみるうちに美しくなるな」

しみじみと言われ、琥珀は顔をほころばせた。

「……美しい？　僕が美しいと、くろは嬉しい？」

「……」

鐵は目を逸らし、濡れた髪を後ろに跳ね上げる。

答えたくないのだろうか？

琥珀は柳眉《りゅうび》を吊り上げると、くるりと軀の向きを変え鐵と向かい合うように膝に跨《また》がった。

「嬉しくない？」

上目遣いに問いつめると、鐵は溜息をつく。

「……嬉しくなくはないが……そうだな、困る事はあるな」

「困るの？」

きょとんとしている琥珀を、鐵は両脇腹に手を差し入れ膝の上から退かせた。

無表情に脇に置いてあった小刀を鞘に収めて帯に差し、直垂《ひたたれ》の袖だけ通して野菜の載った笊《ざる》を抱え上げる。

「ああ、困る。もう大きくなったのだから、膝の上に乗ったりしてはいけないぞ、琥珀」

琥珀は鼻に皺を寄せた。

「えー」

「言い付けを守れないいなら、月白《つきしろ》の屋敷に行ってもらうぞ」

「ええ⁉　そんなのや！」

どうして急にそんな意地悪な事を言うんだろう。

鐡は琥珀を振り返りもせず山道へと入ってゆく。琥珀は慌てて鐡の後を追った。

＋　＋　＋

月白の屋敷の板の間に、真新しい水干《すいかん》と袴が広げられていた。いずれも麻で仕立てられたそれらは目にも涼やかだ。

「これだけ着替えがあれば当分しのげる。しかし随分早く用意できたな」

高さのある丸襟に、菊綴《きくと》じ。清浄な白で仕立てられているせいもあり、水干は直垂よりずっと洗練された印象を与える。

「急いで女衆に仕立てさせた。また鐵の着物を着せられては狐神様が哀れだからな。鳥子《ちょうこ》が言っておったぞ。おぬしの家にはろくに洗濯もしておらぬ着物が山となっていたとな。狐神様がおられるのだ、もっとしゃんとしろ」

鐵は苦笑すると、新しい衣装を行李《こうり》に詰め始めた。

「それにしても、なぜ狐神様を山里に連れてこぬのだ。皆大きくなられた狐神様にお会いするのを楽しみにしておるのだぞ」

なじられ鐵は家の外へと目を遣る。

野良仕事をする里人たちの姿が畑の間にぽつりぽつりと見えた。山の向こうまで続く道からは旅姿の男女がやってくる。笠《かさ》を被った大柄の男は、護身用にか太刀《たち》を腰に佩《は》いていた。

「最近山里によそ者が多く出入りしているようだな」

「ふむ。祭りをきっかけに近隣に狐神様の評判が広まったらしい。ちょくちょく知らぬ顔が社に詣でに来る。狐神様の顔を拝みたいとな」

鐵の瞳が強い光を放った。

「月白。まさか琥珀の所在をよそ者に漏らしたりは――」

「そんな事はせぬ。里人たちにも狐神様のおわす場所は口にせぬよう申し伝えてあるし、大丈夫だ。心配なら狐神様を連れて里に下りてこい。皆、狐神様の御利益《ごりやく》が欲しいだけ。顔を見れば気が済むのだから」

「月白」

鐵の声は静かだったが、言い知れぬ威圧感に満ちていた。

「なんだ」

「琥珀は、変わったぞ。私が都で見たどんな若君や御所に侍《はべ》る女よりも美しくなった」

「ならば尚更出し惜《お》しむな」

何もわかっていない月白が茶化《ちゃか》す。鐵は小さな溜息をつくと行李を置き、腰を据えた。

「私は怖いのだ。今のあの子の姿がよそに知れれば、災いの種になるやもしれぬ」

「あ――、本当に其処《そこ》までお美しくなられたのか？」

月白も脇息《きょうそく》を引き寄せあぐらをかいた。

鐵は目を伏せ現在の琥珀の姿を思い浮かべる。

琥珀の変化は劇的だった。

白い肌に男とは思えぬ程華奢な四肢。小作りに整った顔に柔らかな雰囲気を添える垂れ気味の目尻には艶がある。

もはや子供ではないが大人にもなりきれていない微妙な年頃特有の色香が匂い立ち、慣れている筈の鐵でさえしばしば狼狽《ろうばい》させられた。

神々しい程美しいのに言動は幼いままというのも、鐵の目には危うく映る。

「ああ、誰にも見せたくないと思う程にな」

「おい、それはどういう意味だ？」

鐵は俯き、膝の上に置いた両手を見下ろす。

童の姿の時も鐵は琥珀を愛しく思い、庇護《ひご》すべき対象として純粋に可愛がってきた。琥珀が琥珀である事に変わりはないと思うのだが、細いうなじに、無防備に晒される肌に、鐵は時折痺《しび》れるような眩暈を覚える。

己が養い子に魅了されつつある事に鐵ははっきりと気付いていた。

「月白。私はかつて、都で貴人に仕えていた」

「――まあ、うすうすそんな事だろうと思っていた」

「だが敬愛していた主に陥《おとしい》れられ、罪人として都を追われた。この山に流れてきたのは多分、死に場所を求めていたからだ」

朋友《ほうゆう》だと思っていた者たちから向けられた、殺気立った目の色が、血の匂いが、剣戟《けんげき》の音が脳裏に蘇《よみがえ》る。

時を経て軀の傷は癒えても、心に深く刻まれた疵《きず》はじくじくと膿《う》み続けた。このまま自分は朽《く》ちてしまうのだろう、そう鐵は思っていた。

だが琥珀が現れた。

琥珀はみすぼらしい世捨て人となり果てた鐵を一途に慕ってくれた。

「主への恨みつらみでこの身が鬼と化してしまうのではないかと思った事もあったが、琥珀の世話を焼いているうちに、何もかも忘れる事ができた」

慣れぬ手つきで沐浴させて。まめに飯を作り、膝に抱いた幼な子の口元まで一匙一匙《ひとさじひとさじ》運んでやる、平穏な日々。

くろ、と甘えた声で呼ぶ琥珀の無垢な笑顔に、鐵の中を充《み》たしていたどす黒い闇は緩やかに払拭《ふっしょく》されていった。

主の事はもう考えない。

幼な子の幸せのみを望んで送る時間は、水面で弾ける夏の陽差しのように美しくきらめいている。

「私は琥珀に救われたのだ、と思う」

月白が生ぬるい笑みを浮かべた。

「今更言葉にしなくとも、毎日おぬしの顔を見ていればそれくらいわかるわ。そんな事より狐神様をどうするつもりなのだ。まさかとは思うが、変な気でも起こしているのではあるまいな」

「……さて。だが今の私にとって、琥珀以上に大切なものはない」

道を違《たが》えたりはしない。

「己を抑えられぬようなら、今からでもお世話役を変わるが」

「よそ者の多い今の山里で暮らすのは危険だ。それに琥珀が私の傍を離れる事を了承する訳がない。私がちゃんと最後まで琥珀に仕えよう」

「――鐵」

月白が投げる疑わしい眼差しを、鐵は背筋を伸ばし受け止めた。真剣な顔をした鐵の目には、平穏に暮らしてきた者にはない凄みが宿っている。

「己の役目は心得ているつもりだ。愛しいからこそ大事に守り奉る。なりは大きくなったが、琥珀はまだまだ子供であるしな」

「子供でなくなったら、どうする気なのだ」

食えない笑みをうっすらと浮かべ行李を手に立ち上がった鐵に、月白は眉を顰めた。

「鐵、狐神様は神なのだぞ」

「――そうだな」

力らしき力もない、幼い子供のように無垢な神。元服を迎えた年齢に見えても、大人のように扱ってはならないのは明白だ。

だが琥珀は鐵を慕っていた。嫁になりたいとせがむ程に。

もちろん、何もわかっていない子供故の戯《ざ》れ言《ごと》なのであろうが、もし何もかもを知ってなお鐵を求めるならば。

「抱きしめる事くらい、許されるであろうか――」

淡い笑みを浮かべ鐵は小さく呟いた。

＋　＋　＋

琥珀は板の間の隅で襤褸《ぼろ》を絞りながら難しい顔をしていた。半分程しか水の入っていない桶の周りは跳ね飛んだ水でしとどに濡れている。手の中で弱くなった生地がぴりりと裂ける感触があり、琥珀はまだじっとりと水分を含んだ布を広げ溜息をついた。

鐵は此処にはいない。新しい水干を仕立ててもらった礼に柿を届けてくると言って、山里に行ってしまった。琥珀は鐵が見えなくなるとせせらぎから水を汲んできて、鳥子に負けてはならじと、見よう見真似で家の中の雑巾掛けを始めた。

「うー、腕が怠《だる》いよう」

以前留守居役を務めに来た鳥子は、一人で家中の埃を払い雑巾掛けをしたうえ、竈《かまど》の中まで綺麗にした。鐵が溜め込んでいた汚れ物を全部洗って、簡単な繕い物まで片づけた。

てきぱき動いていたから簡単そうに見えたが、やってみるとどれも重労働で、琥珀は雑巾を掛けただけでくたびれてしまった。竈を掃除しようとして家中灰塗れにしてしまい、一日その後始末に追われる羽目になってしまったのはつい先日の話だ。

「鳥子は、こんなに大変な仕事をしてくれたんだ……」

鐵に頼まれたのは子守だけだったのに、女手がないからと気を使ってくれたのだろう。琥珀たちを遊ばせている間に全部片づけてくれた鳥子に、琥珀はとても敵いそうにないと溜息をつく。

片づけの前にちょっとだけ休憩しようと決め、琥珀は襤褸《ぼろ》を投げ出した。うんと軀を伸ばすと、肩や背中がめきめき鳴る。そのままぱたりと板の間の上に横倒しになり、琥珀は護衛役にと置いていかれ退屈そうに土間に寝そべっている雷鳴《らいめい》を見つめた。

最近、鐵の様子がおかしい。

膝に乗る事を許してくれなくなった。一緒の寝床に入れてはくれても、琥珀がすり寄るとさりげなく背が向けられる。沐浴にはついてきてくれるが、軀を洗ってくれるどころかそっぽを向いて琥珀を見ようとしない。いつもどこかそっけなくて、琥珀に触れるのを避けているようだ。

もう大人なのだからと言われても、つい先頃まで子供扱いされていた琥珀には、鐵の変化が理解できなかった。

――くろにぎゅっとしてもらえないなんて、淋しい。

急に遠ざけられ、琥珀は不安を覚えている。

折角嫁にしてもらったというのに、琥珀と鐵の距離は以前より広がってしまったようだ。

「もしかして、僕、何かしちゃったのかな」

鐵に嫌われるような事を。

泣きたい気持ちが込み上げてきて、琥珀は唇を噛んだ。

「くろの、ばかっ」

尻尾がばふっと床板を叩く。

だらだらしていると、月白があばら屋の戸を勝手に開き慌ただしく踏み込んできた。

「狐神様！」

「月白？　どうしたの？」

俯せになった琥珀が曲げた足を揺らしながら尋ねると、月白ははっとしたように琥珀を見た。

琥珀が大人になってから月白と顔を合わせるのは初めてだ。月白はその場に棒立ちになり、琥珀を凝視した。

「ああ？　もしや、き、狐神様、か……？　確かにこれは、……見目麗しい」

琥珀は、童の頃にはなかった凛《りん》とした美しさを湛えていた。

唇は薄紅に色づき、匂い立つようだ。少し潤んだ琥珀色の瞳は本当に稀有な宝玉のよう。垂れ気味の目尻になんとも言えない愛嬌がある。

真新しい水干の白が眩しい。茄子のように膨らんだ括り袴の裾から、すんなりとしたふくらはぎが伸びている。

「そお？　それより月白、くろは？」

琥珀は鐵以外の者に己の美醜をなんと思われようとどうでもいい。それより鐵がどこにいるかの方が気に掛かる。いい嫁だと思われたくて、琥珀は雑巾掛けまでしたのだ。ちゃんと見て、褒めてもらいたい。

月白と一緒に帰ってきたのではないかと思ったのだが、耳をそばだててみても鐵の気配はなかった。

「鐵はちょっと用事があってな。戻ってくるまで今しばらくかかる」

「用事？」

琥珀の眉間に皺が寄る。尻尾がぱたんぱたんと動き始める。

「うむ、さよう。あー、澪《みお》に男手が欲しいと言われてな」

琥珀の頬がみるみるうちに膨れ上がった。

「どうしてくろが澪を手伝うの」

「よいではないか。澪も鐵もいまだ独り身なのだ。理由など聞くのは野暮《やぼ》というもの。それより狐神様、この近くに甘い実をつける柿の木があると鐵に聞いた。案内《あない》してくれぬか」

そんな気分ではなかったが、鐵が言ったのなら仕方がない。

琥珀は渋々草鞋《わらじ》を履き外に出る。雷鳴も起き上がり、後に続いた。

「くろの、ばか。僕がくろの嫁なのに……」

澪に鐵を取られてしまいやしないかと、琥珀は心配でたまらない。

泣きそうな顔でぶつぶつ文句を言いながら足を進める琥珀を、きょろきょろと辺りを見回していた月白が見下ろした。

「うん？　狐神様、今なんと言ったのだ？」

「僕、くろの嫁になったの」

月白はすぐには何も言わなかった。琥珀は山道を覆う枯れ葉を蹴飛ばしながら憤然《ふんぜん》と先へと進む。

やがて背後から地を這うような声が聞こえた。

「まさか狐神様、鐵と契《ちぎ》りを結んだのか？」

契りとは指切りげんまんの事だろうと解釈し、琥珀は頷く。

「うん」

歩きながら月白を振り返った琥珀は、あれ？　と首を傾げた。

月白の顔が怖い。肩を怒らせ、両の拳をぎりぎりと握りしめている。

「如何に成長された狐神様が麗しいとはいえ、なんという事をしでかしてくれたのだ、あやつは……っ。そんな事をするような男ではないと思っていたのに、見損なったわ」

何を怒っているのだろうと怪訝に思いつつ、琥珀は月白の袖を握った。

「月白、くろを悪く言うのはやめて。僕が嫁にしてって言ったんだから」

「しかしその、そんな事をされては……軀がつらいのではないか？」

「んー、ちょっと、怠い……？」

今の姿に変化してから、琥珀は寝不足気味だった。

夜、なかなか寝付けないのだ。

闇の中、琥珀は金色の眼《まなこ》をきらめかせ、すぐ傍に横たわる鐵の横顔を眺める。そうすると胸がきゅうっと痛くなって、どきどきしてくる。

これ以上ないくらい幸福なのに、苦しくて切なくて、琥珀はたまらない気持ちになった。

この気持ちは、何？

だが月白には琥珀の内心の懊悩《おうのう》などわからない。勝手な誤解をし、奥歯を嚙みしめる。

「なんという、非道な……っ」

「酷くないよ。くろ、優しいよ？」

幼い口調で諌《いさ》められ、月白は顔を歪めた。

「狐神様は鐵がお好きなのか」

「ん、大好き」

幸福に蕩けそうな笑みを浮かべた琥珀に、月白は肩を落とす。

「さようか……そういえば狐神様は最初から鐵を慕っておられましたな。喜んでやるべきなのかもしれませぬが、しかし、このような細腰に無茶をさせるような男を本当に許してもいいのであろうか……」

成長したとはいえ、琥珀の腰は山里のどの女より細く華奢だ。

月白がぶつぶつと呟いている間に目的の柿の木に到着してしまった。琥珀は立ち止まると、月白を振り返り無邪気に尋ねる。

「腰に無茶って、何？」

月白は何気なく周囲を見渡した。

「無茶は——無茶だ。契りを結んだのならわかっておられるのであろう？　それとも痛みを感じさせぬ程その、鐵は巧みだったのか？」

そう長く歩いた訳ではないのだが、小さな山を回り込んできたので、あばら屋のある辺りは既にまったく見えなくなっていた。此処に到着するまで道らしい道はなく、足下には落ち葉が降り積もっている。二人がこの道を来た痕跡は何一つ残っていない。誰かがあばら屋を訪ねてきたとしても、琥珀たちを追っては来られないだろう。

肩から力を抜いた月白を、琥珀は眉根を寄せて見上げた。

「痛いって、何が？」

琥珀には月白の言う事は遠回しすぎてさっぱりわからない。

月白もまた首を傾げ独りごちた。

「うん？　其処まではされなかったのか？　——そもそも鐵は何をしたのだ？」

琥珀は嬉々として話し始めた。

「ずっと一緒にいるって約束」

「う……む……？」

琥珀は指切りげんまんしてもらった事を幸せそうに語る。琥珀にとってそれはとても大事な誇らしい出来事で、月白にも聞いてもらいたくてたまらなかったのだ。

だが琥珀の話を聞いた月白は笑いだした。

「そうかそうか、それで契りを結んだとな！」

どうして、笑うの？

琥珀は厭な気分になった。

「月白、何がおかしいの」

「いやはや、鐵は本当に優しい」

「月白、気持ち悪い！」

琥珀は膨らませた尻尾で月白の足をばふばふと叩く。

「狐神様、実を申すとな、男は嫁にはなれないのだ」

琥珀は大きく目を見開いた。

嫁にはなれない？　それ、なんの話？

すっかり鐵の嫁になったつもりでいた琥珀は、呆然と月白を見返す。

「……どうして？　月白、言ったよね？　嫁になるっていうのは、ずっと一緒にいる約束をする事だって。なら……」

「だが男同士ではややができぬ」

月白はよく熟《う》れた柿の実を幾つか取ると、一つを琥珀に渡した。

月白の歯が固い果肉にがりりと食い込む音が聞こえる。

琥珀は柿を囓るのも忘れ言い募った。

「くろが、仲睦まじくしていればややができるって言ってたよ？」

堪えきれず吹き出した月白に、琥珀は傷ついた。

「いやすまぬ。あの男にしては随分可愛らしい事を言ったものだと思いましてな。だがそれは、童には本当の事を教えられぬ故の方便《ほうべん》に過ぎませぬ」

「どういう事？」

すっかり元気をなくしてしまった琥珀は、もらった柿を持て余す。

「ややを作るには、裸になってとても痛くて恥ずかしい事をせねばならぬのだ。そんな事、とても童には教えられぬ」

「僕、痛くても恥ずかしくても平気だよ？」

震える声で主張してみるが、月白は意地悪だった。

「我慢できても、男では胎《はら》めぬ。ややを産めるのは女だけだからな。男にできるのは真似事だけ。それに狐神様は神、人と交わるものではない」

「神様だと、くろの嫁になれないの……？」

琥珀は愕然とした。裏切られた気分だった。

琥珀は本気だったのだ。心から鐵の一番になりたいと、ずっと共に過ごしたいと思っていた。

一番好きで大切に思っていたから嫁にしてと言ったのに——鐵は、子供だと思って安易な嘘をついていたらしい。

そんなの、馬鹿にしてる。

駄目ならちゃんとそうと言ってくれればよかったのに。

口惜しくて口惜しくて、琥珀は歯を食いしばる。

もし琥珀が神様だから畏れ多くて誤魔化したというのなら——。

「僕、神様なんかやめる……っ」

目を潤ませ、琥珀は宣言した。

前々から思っていた事だった。

そもそも琥珀は本当に神様かどうかすらわからない。里人たちが神であると思っているが故に優しくしてくれている事はわかっているが、違うかもしれないのに祭り上げられてそっくりかえっている事が、琥珀は厭で厭でしょうがなかった。

神様なんかやめる。

琥珀はただの琥珀でいい。

「狐神様」

癇癪《かんしゃく》を起こした琥珀に月白が狼狽《うろた》えた声をあげた時だった。木々の間からぬっと人影が現れた。

血塗れの男の姿を見た途端、琥珀が細い悲鳴をあげる。

「くろ――――!?」

＋　＋　＋

その、少し前。

鐵が山里に着くと、馬に乗った五人の男たちが大声で里人たちを恫喝《どうかつ》していた。

――獣の形をした神がこの里におると聞いたぞ。此処へ連れて参れ。

――なにい、おらぬだと。嘘を申せ。我らは山向こうの里で、確かにそうと聞いてきたのだ。

――隠《し》し立てすると為にならんぞ。我らは帝の命を受け、此処に出向いておる。

――痴れ者めが。叩っ斬られたいか！

気性の荒い馬が落ち着きなく足踏みし、蹄《ひづめ》で土を蹴る。男たちは太刀を抜き、今にも里人たちを切り捨てんばかりの勢いだった。

――まずい。

鐵には一目でわかった。

男たちは、武士《もののふ》だ。おそらく都から来たのだろう、上等な水干を身に纏い、素晴らしい誂《あつら》えの太刀を佩《は》き、弓箭《ゆみや》を携えている。

とっさに身を潜めた鐵が、物陰を縫って月白の屋敷に近づくと、結構な人数が同じように隠れて成り行きを眺めていた。杖を突いた月白も険しい表情で武士たちを睨《にら》んでいる。

鐵は静かに月白の傍へと近づいた。

「月白」

「おう、鐵か」

目は武士たちから離さぬまま、ひそひそと言葉を交わす。

「あそこにいるので全員か」

「そうらしい。つい先刻、いきなり里に乗り込んで来おった」

「月白。あやつらを生かして帰してはいけない。琥珀にとって災いとなる」

「そうであろうな」

「月白、おまえから里人に命じて欲しいのだが――」

鐵はしばらくしたら琥珀がいるあばら屋があるのとは逆の方向へ武士たちを誘導して欲しいと月白に頼んだ。山道で待ち伏せする策も授ける。

月白の指示ならば里人たちは速やかに聞く。伝令が走り、里人たちはすぐさま何をせねばならないかを呑み込んだ。

「月白は琥珀の元へ行き、甘い柿を所望しろ。場所は琥珀が知っている。私が行くまで柿の木の下で待て」

「待て鐵。俺はまだ早く歩けぬ」

「わかっている。だが琥珀は私以外ではおまえに一番懐いている。他の者ではおとなしく言う事を聞くかどうか――」

月白は溜息をついた。

「これも禰宜《ねぎ》の務めか」

女衆の一人をつけ、月白を送り出す。女にはあばら屋の近くに身を隠し、万一騎馬の襲撃があった際には草笛で琥珀たちに危険を知らせるよう言い含めた。

鐵は里人たちと山道で武士たちを待ち伏せる。借り物の弓箭《ゆみや》を検《あらた》めながら、鐵は琥珀について武士たちに漏らした者を呪った。美しい神の存在を知ってしまったこの武士たちを都に返したら何が起こるかは明白だ。

脅しに屈した振りで鐵たちが待ち構えている山道を指した里人を、武士たちは疑いもしなかった。

　山里から北の山へと至る山道を、五騎の騎馬が蹄を轟《とどろ》かせ駆ける。

　だが見通しがよくなり騎馬が速度を上げた矢先、軽く土を被せ隠してあった荒縄が道を遮るようにぴんと張られた。

　進行方向を遮るものが突然出現した事に馬が戸惑う。竿立《さおだ》ちになった先頭の馬から乗り手が振り落とされた。

「なに……っ」

　草むらに落ちた武士は起き上がろうとしない。いつの間にか鎧《よろい》の隙間に箭《や》が突き立っているのに気付き、乗り手たちは血相を変えた。

「わあああああっ」

　里の男衆が木々の間からてんでに飛び出し、鍬《すき》や鎌《かま》を振るい始める。ぎいんと金属が打ち合わされる音が響き、血が滴った。

　鐵も胡籙《やなぐい》から箭《や》を引き抜くと、少し離れた木の陰で弓を引き絞った。

　僅かに目を細め、箭《や》を放つ。小さな風切り音を立て飛来した箭《や》が、太刀を抜き里人たちを切り捨てようとしていた男の目を貫いた。

　二人目を屠《ほふ》った所で二騎が男衆を蹴散らし逃げ出す。残りの一人は里人たちに馬から引きずり下ろされ、袋叩きにされた。

「馬を押さえろ！」

鐵は即座に木立から走り出て、乗り手を失った馬の手綱《たづな》を摑んだ。

「鐵様、どうなさるんで」

「追う。馬に乗れる者は続け」

ひらりと馬に飛び乗り逃げてゆく男たちの背中を睨みつけると、鐵は厭がる馬の腹を蹴り、全速力で走らせた。

――逃がさん――。

重い蹄の音が響き、風が耳元で唸る。景色がすさまじい勢いで背後へと飛び去ってゆく。

騎乗は久しぶりだったが、考えずとも軀が動いた。意のままに馬を操りながら、鐵は息を整える。

続けと言ってはみたものの、加勢は期待できないと鐵は判断していた。この山里に来てからそもそも馬というものを見た事がない。里人たちは馬の乗り方など知らないだろう。二騎を一人で片づけるのは骨だ。

――だが失敗は許されない。

冷たく冴えた双眸がひたと前方を睨み据える。

緩やかに反った山道を辿ってゆくと、思いの外早く標的が見えてきた。山里の人間が馬で追いかけてくるとは思っていなかったのだろう、歩調を緩め後ろを振り返り振り返りしていた二人の武士が泡を食って馬を急かし始める。

「いい着物を着てはいるが、馬の扱いは拙《つたな》いようだな」

鐵は勢いに乗って馬を駆った。徐々に、徐々に、距離を詰めてゆく。

武士たちが振り返り、弓を構える。

鐵もまた、弓を引いた。弦《つる》がきりきりと引き絞られる。

馬を狙《ねら》い、放つ。当たった、と思った瞬間、鐵の軀が宙を舞った。鐵の馬もまた胸を射られたのだ。

地面に叩きつけられ転がったものの、鐵は即座に跳ね起き駆けだした。

投げ出された際に弓はどこかへ飛んでいってしまっている。あるのは腰刀一振りのみだ。

同じく傷ついた馬に振り落とされた武士に鐵は肉薄《にくはく》する。武士は慌てて弓を引いたが、気が急いていたせいだろう、箭《や》は避けずとも逸れ、鐵は太刀を抜きかけた武士を腰刀で刺し殺した。

血飛沫《ちしぶき》が上がり、直垂が真っ赤に染め上げられる。

死にゆく武士が驚愕の声をあげた。

「貴様っ、斉昭《なりあきら》か――――!?」

ぎょっとして見直した武士の顔には見覚えがあった。

かつて共に御所に詰めていた武士の一人だ。皇子に言われるまま鐵を狩った者の一人。

――まるで悪夢を見ているような気分に陥り、鐵は死骸《しがい》を突き放す。

仲間の叫び声に息を呑んだ武士が少し先で手綱を引き、食い入るように鐵を凝視していた。目が合う。

この男も、知っている——。

鐵が骸《むくろ》となった武士が使っていた弓に飛びついたのと同時に、唯一生き残った武士が馬の腹を蹴った。

鐵は拾った弓を引き箭《や》を放つ。だが騎馬は既に箭《や》の届かぬ距離に達しており、箭《や》は虚しく地面に突き刺さった。

小さくなってゆく騎影に、鐵は歯嚙みする。

もはやあの武士を追う足はない。自分が此処にいる事も、獣形の神が顕現した事も帝に知られてしまう。

+　+　+

「くろ?　け、怪我、したの?」

己の考えに浸っていた鐵は、今にも泣きそうな声に我に返った。琥珀は大きな目いっぱいに涙を湛え、心配そうに鐵を見つめている。思わず手を伸ばし琥珀に触れようとして、鐵は危ういところで踏みとどまった。

――私は今、何をしようとした？

血は、穢《けが》れだ。

人を殺《あや》めた手で、この無垢な神に触れたら、この子まで汚してしまう。

鐵は引き戻した手を握り込んだ。

「いや、大丈夫だ。悪いが琥珀、水を汲んできてくれぬか？」

「えっ？　う――うん……」

鐵が目で合図すると、雷鳴も後を追っていった。

鐵は月白へと鋭い視線を放ち、緊迫した雰囲気で抑えた声を交わす。

「一人、逃げた」

「――そうか。まずいな」

「武士が都に帰り着くまでおそらく五日。半月も経たないうちに、二陣が来る。里ごと逃げた方がいい」

月白が息を呑んだ。

「待て。其処までする必要はなかろう。奴らは狐神様のお姿を知らぬ。適当な狐を捕らえ、神だと言って差し出せば――」

「そんな話は通らない。近隣の里人は琥珀が人の姿をしていると知っている」

「この辺りの者は誰も狐神様の事を帝に教えたりはせぬ。そうするよう俺が申し伝えよう」

「そんな言葉は信用できぬ。現にあの武士たちは琥珀の事を伝え聞いていた。それに話すなと言ったところで、指を切り落とされでもしたら大抵の者は喋る」

当たり前のように放たれた陰惨な言葉に、月白は青ざめた。

「なんと恐ろしい事を言うのだ」

「今上《きんじょう》はそういうお方だ。我々は帝の手の者を斬り捨て、帝の意にあらがったのだぞ。酷い目に遭わされるに相違ない。そして帝は、獣の形の神をたいそう欲しがっておられる」

「なぜおぬしにそれがわかる」

普通ならば、下賤《げせん》のものが帝の考えを知る筈がない。

鐵は鈍く光る目を上げた。

「私はかつて、まだ二の皇子だった帝の傍近くに仕えていた」

そして不興を買い、都を追われた。

まだ生きている事を知ればきっと追っ手が放たれる。帝は琥珀も鐵も、徹底的に追いつめようとするだろう。

八、

襲撃は、鐵《くろがね》の予想より早かった。

その日琥珀《こはく》は鐵に山里に行こうと誘われたものの、なんとなく行きたくなくてあばら屋に残っていた。

いつも一緒にいたがる琥珀が自分から留守居するなどと言いだすのは珍しい。鐵に風邪でも引いたのかと心配されたが、琥珀にはうまく説明できなかった。ただ妙に軀がざわざわして落ち着かない。

「――へんなの」

琥珀は鼻に皺を寄せ、己の軀をぺたぺたさわってみる。よくわからないが、とにかくじっとしていられなくて、琥珀はあばら屋の外に出た。冷たい水で顔でも洗おうかとせせらぎに足を向ける。

畑を横切っている途中、風に乗ってかすかに女の悲鳴が聞こえた。

――なに？

厭な気配に、全身の毛が逆立つ。

とっさに見上げた空に、細い煙の筋が上ってゆくのが見えた。

——山里が、燃えている？

あばら屋は山里より高い位置にある。畑の端にある梅の古木に登り見下ろすと、山里を駆け回る騎馬が見えた。火を放たれた粗末な家々が炎を上げている。逃げまどう里人たちは武士《もののふ》が弓を引く度ばたばたと倒れ、幾重にも悲鳴が重なった。

「ど——どうしよう——っ」

琥珀は息を呑む。

現実とは思えない、恐ろしい光景に足が震えた。

皆が殺されようとしている。

月白《つきしろ》が、鳥子《ちょうこ》が、桃葉《ももは》が、澪《みお》が。粟餅をくれた子供が、祭りで楽しそうに笑っていた人々が。

——それから、鐵が。

「そうだ、くろも里にいるんだ。どうしよう……皆を、助けなきゃ……」

琥珀は震える手でねじくれた梅の枝を摑み、精一杯急いで木から下りた。畑を横切り、山里へ向かう山道に抜けようとして転んでしまう。

灼《や》けるような痛みが膝と肘に走った。

涙目になったものの、琥珀は歯を食いしばって立ち上がった。その時ちょうど坂の下から鐵が現れた。

「――――逃げるぞ」

　鐵は琥珀の手首を捕らえ、有無を言わさずあばら屋の中へと引きずり込んだ。山里からずっと駆けてきたのだろう、鐵の呼吸は荒く、額には汗が光っている。

　草鞋《わらじ》を履いたまま板の間に上がり床板を剝がし始めた鐵に、琥珀は一生懸命訴えかけた。

「鐵、大変だよ、山里が賊《ぞく》に襲われている。皆を助けなきゃ」

　――何か、しなければならない。僕はこの里の神様なのだから。

　だが鐵は琥珀の声など聞こえぬ様子で床下から襤褸《ぼろ》を取り出し、くるんであった見事な黒蠟《くろろ》色塗鞘《いろぬりさや》の太刀を摑み出す。使い込んだ平緒《ひらお》を手早く通し腰に佩《は》く鐵の直垂《ひたたれ》を琥珀は夢中で引っ張った。

「ねえ、鐵！　聞いてるの？」

　弓箭《ゆみや》を取りながら振り返った鐵の目には冷酷な光が浮かんでいた。出会った頃と同じ、錆びた鋼のような声が琥珀を突き放す。

「どうやって助ける。神力でも使うのか？」

「それは――」

「山里には帝御《おんみずか》自ら百騎の武士を従えて来ている。武士は皆、鎧で身を固め、弓箭《ゆみや》と太刀を携えている。それだけの者に抗する手段が琥珀にあるのか？」

　鐵らしくない底意地の悪い言葉に、琥珀は戸惑った。

「ない、けど――。そうだ、帝がいらしているのなら、直々にやめていただくようお願いしてみたら？」

「無駄だ」

更に幾つかの小物を取り出し懐に詰めると、鐵は乱暴に琥珀の手を引き外に出た。山里から戻ってきた時からその背には大きな荷が負われている。

「雷鳴《らいめい》！　行くぞ」

「待って！　ねえお願い、里人たちを助けよう」

琥珀は足を踏ん張り踏みとどまろうとした。鐵が言う通り、何もできない事はわかっていたが、ずっと山のような供物を捧げられ里人に養われてきた琥珀が逃げるなんて事をしていい筈がない。

鐵は小さく舌打ちすると、いきなりほっそりとした軀を肩に担ぎ上げた。

「いや！」

「黙っていろ。舌を嚙むぞ」

そのまま山に分け入り駆けだす。何処《いずこ》からともなく現れた雷鳴が後に続き、見通しの悪い山中に消えた。

＋　＋　＋

しっとりと湿った空気が肺を満たす。細かな水滴が薄暗い洞《ほら》から顔を覗かせた琥珀の頬を濡らす。

鐵は神域の端へと琥珀を連れてきていた。滝の裏側に抜ける洞は狩りの途中偶然見つけたものらしい。

洞から滝壺を見下ろすと、あまりの高さに眩暈がした。神域の森を見下ろせるが、山里の様子まではわからない。

滝に近い岩肌は常に水飛沫を浴び、黒々と濡れている。激しく流れ落ちる水を、琥珀は思い詰めたような表情で見つめた。

「琥珀」

いきなり後ろから肩を摑まれ、琥珀は耳をぴんと立てる。

「あまり滝に近づくな。外から見えんとも限らんし、足下が滑って危ない」

琥珀は強張った表情で頷き、素直に踵を返した。

洞の奥には月白の屋敷程もある広い空間が広がっていた。隅には鐵が持ち込んだ荷物が寄せてある。以前から色々と運び込んでいたらしく、予備の箭《や》や栗などは、当面生活できるだけの備蓄があった。

此処《ここ》にはもう一つ、二抱えもある巨木の根本に隠れた入り口があり、鐵と琥珀はこちらから入ってきた。小さな穴は羊歯《しだ》に覆われ、あらかじめ洞があると知っていないととても見つけられそうにない。

洞の奥はほんのりと明るくなっており、緑の苔がまだらに地面を覆っている。湿気が強いのに此処も神域内だからだろうか、気味の悪い虫や獣などがいる気配はなかった。

「腹は減っていないか」

鐵の問いに、琥珀は細い首を振った。

山里がどうなったかわからないのに、ご飯なんか食べられる訳がない。

鐵は密生した苔の上に着物を重ね、座るよう琥珀に促した。弾力のある苔のおかげで座り心地は悪くない。琥珀が膝を抱えて座ると、鐵も弓と太刀を手の届く場所に置き、あぐらをかく。

気まずい沈黙に琥珀は唇を噛む。横目でちらりと窺ってみた鐵は落ち着き払っていた。

里人たちがあんな目に遭っているのにどうして平然としていられるんだろう。

琥珀は膝の上にちんまりと顎を乗せ、考え込む。

僕、どうしたらいいのかな。

今だって皆が苦しんでいるかもしれないのに、琥珀は一人だけ鐵に助けられて、洞にのうのうと身を隠している。

里に戻りたかったが、目を離したら琥珀が何をするかわかっているのだろう、鐵が傍から離れない。

それに琥珀一人が里に戻ったところで何もできないのも事実だった。

琥珀はぶるりと身震いした。

あの時琥珀は助けてと言ってしまったけれど、よく考えたら鐵だってなんでもできる訳ではない。あれだけ多くの男たちを相手にしたら、きっと斬られる事になっただろう。

もし鐵が琥珀の言う事を聞いていたらと思うと、眩暈がした。

琥珀は鐵をも危険に晒す所だったのだ。

ちゃんと、考えなきゃ。

琥珀は唇を引き結ぶ。

ちゃんと考えて、これ以上誰も傷つけない方法を探さなきゃ。

鬱々と考え込んでいた琥珀の耳がぴくりと動いた。ほとんど同時に鐵が弓に手を伸ばし、立ち上がる。

「下がっていろ」

鐵は腰に下げたままだった胡簶《やなぐい》から箭《や》を抜き、流れるような動作で弓につがえた。一つ瞬く程の間に攻撃態勢を整えた鐵を目にし、琥珀は息を詰める。

殺す気、なのだろうか、鐵も。先刻山里を襲っていた人たちみたいに。

遠目に見た血の色が瞼の裏に広がる。

そんなの、だめ。

琥珀はとっさに鐵の袖に取り縋った。

「ね、やめて……くろ……っ」

「放せ、琥珀」

鐵の険しい声が胸に刺さる。

尻尾の毛が逆立ち、ぶわりと膨らんだ。

人を殺す武器を躊躇なく手に取った鐵はまるで見知らぬ人のようだった。

怖くて怖くて、琥珀は呼吸を引きつらせる。

こんなの——嘘だ。

鐵は、優しい人の筈だ。

「くろ、お願い、やめて……」

大きな掌でいきなり邪険に押しやられ、琥珀は尻餅を突いた。鐵は今まで見た事もないような険しい顔で琥珀を睨みつけ、また洞の入り口に注意を向けた。

洞の入り口を隠している羊歯《しだ》がゆさゆさ揺れる。じゃり、と小石交じりの土を踏む音がし、琥珀は身を固くして息を詰めた。

男がひょいと洞の中へと踏み込んできて、眉を顰めた。

「狐神様に乱暴するとは、なんと罰当たりな奴だ」

飄々とした声が岩壁に反響する。慣れ親しんだ禰宜《ねぎ》の姿を認め、琥珀は顔を輝かせた。

「月白！」

ふ、と緊迫していた空気が緩み、鐵の軀からも力が抜ける。

「よかった、無事だったんだ」

「狐神様も息災《そくさい》であらせられるようで何よりだ。それにしてもよく此処を知っていたな。俺も狐神様をお連れせねばと家に寄ったのだが、もう帝の手の者に荒らされた後だった。いやはや肝が冷えたわ」

弓は下ろしたものの鐵の硬い表情は崩れない。厳しい口調で月白を詰問《きつもん》する。

「他の里人も此処に洞があると知っているのか」

「いや、俺だけだ。此処は禁足地だからな。平気で入り込むような不心得者などおぬしくらいしかおらぬ」

常と変わらない飄々とした月白の声音に、琥珀はほっとした。

「ね、月白。他の里人たちはどうなったの？」

琥珀は期待を込め尋ねてみる。大丈夫だ、ちゃんと山に逃げたと言ってくれるかと思ったのに、月白はすっと目を逸らした。

——え？

「どこを探したらよいのかわからぬのだろう、やたら騎馬が走り回っているが、今の所、山中までは探索の手が及んでおらぬようだ」

さりげなく話題を逸らされ、すうっと心の臓が冷たくなる。

教えようとしないという事は、誰も無事には逃げられなかったのだろうか。

皆、死んでしまった?

そう考えたら、呼吸が浅く、早くなった。

琥珀は白い水干の胸元を強く握りしめ、俯く。

「なに、此処ならば見つかる事はない。狐神様は安心しておられよ」

顔を強張らせた琥珀を落ち着かせようと、月白が優しげな声で語りかける。だが月白の心遣いは鐵に斬って捨てられた。

「いや。安全なのは今だけだ。夜になったら此処を出る。馬を奪って北へ向かおう」

月白はぎょっとして異を唱えた。

「こんな所が見つかるものか。迂闊《うかつ》に外に出る方が危険なのではないか?」

「——おまえは帝を知らない」

「さすが元都の武士だな、偉そうにしおって」

月白の軽口に琥珀は大きな目を瞠り鐵を見つめた。

武士《もののふ》?

鐵は、山里を襲った人たちの仲間だったの？

鐵の目にはどこか非人間的な光が点っていた。

「夜になったら私は琥珀を連れ此処を出る。月白は好きにするがいい。ただしついてくるなら私の指示に従ってもらう。——琥珀は今のうちに眠っておけ」

肩を抱かれ、琥珀は反射的に後退った。浅黒い鐵の腕が琥珀の肩からするりと落ちる。

月白が息を呑んだ。琥珀も己のした事に気付き、狼狽した。

「あ、あ、あの、ごめんなさい。でも、眠くないし……」

うろうろと視線がさまよう。鐵の顔が見られない。

此処にいるのは鐵。そうわかっているのに触れられた瞬間勝手に躯が動いた。どうしてかなんてわからない。ただほんの一瞬だけ錯覚してしまったのだ。鐵の手を、血に塗れた武士の手だと。

鐵はなんの感情も見せず顔を逸らす。

「いいから躯を休めろ。此処を出たら次いつ休めるかわからぬのだからな」

今度は鐵は琥珀に触れようとしなかった。

みっしりと生えた苔の上に、琥珀は一人で腰を下ろす。落ち込んだ気持ちを察したかのように雷鳴が寄ってきてくれたので、琥珀はその首に両手を回した。

——これから、どうなっちゃうんだろう。

心臓の音が大きい。まるで耳の奥で脈打っているみたい。

琥珀は、怖くてたまらなかった。今まで慣れ親しんできた全てのものが指の間からさらさらとこぼれ落ちてゆくような気がする。

——こんなんで眠れる訳がない。

それでも琥珀は鐵の言い付けに従い、目を瞑った。

雷鳴がへたりと倒れた耳を舐めて毛繕いしてくれるが、ぴりぴりとそそけ立った神経はいつまでも落ち着かない。琥珀は小さな手でぎゅっと黒い毛並みを握りしめ、必死に息を潜める。

+ + +

——絶対に眠れないと思ったのに、軀と心は休息を欲していたらしい。いつの間にか琥珀は眠りに落ちていた。

とろとろと微睡《まどろ》みながら琥珀は鼻をひくつかせる。

厭な匂いがした。

琥珀の中に根を張る獣の本能が反応し、逃げろと喚き立てている。

――なんだっけ。これは特別危険なものの匂いだ。

夢の中で答えを摑んだ次の瞬間、琥珀は跳ね起きていた。

「どうした」

「火の匂いがする……」

「何⁉」

素早く太刀を佩《は》きながら鐵が引き締まった軀を起こす。滝の裏から外の様子を見に行った月白が杖を突き突き戻ってきた。

「鐵、西の空が赤い。山が燃えている」

「様子を見てくる。おまえたちは此処にいろ」

鐵は弓箭《ゆみや》を携え巨木の根本に穿《うが》たれた穴から出ていった。外の状況が気になったが、ついていっても足手纏いにしかならない事くらい琥珀にもわかる。月白と二人でおとなしく鐵の帰りを待つ。

鐵が戻ってくるまで、小半時もかからなかった。

「風向きが悪すぎる。今は動けん」

苛立たしげにそれだけ告げ、鐵は弓を置いた。落ち着き払ってはいるが厳つい背中には厭な緊張と焦燥《しょうそう》が滲《にじ》んでいる。琥珀はそわそわと鐵の顔色を窺った。

「あの人たちが火をつけたのかな」

そうだとしたら、とんでもない事だった。

冬を目前にしたこの季節は空気が乾燥しているうえ、風が気まぐれに吹く。思いがけない方向に勝手に燃え広がる火は容易には消せない。小さな種火でも、どれだけ甚大な被害が出るかわからない災害の引き金となる。

「そんな些細な事を気にされる方ではない。どうせ帝自身は安全な場所に身を隠している。犠《ぎ》牲《せい》になるのは下々の者だけだ」

「まさか此処までするとはな。このままでは近隣の山里まで燃えてしまう」

「余計な事を考えるな。足をすくわれるぞ。今は琥珀を無事に逃がす事だけを考えろ」

極めて冷静な鐵に、琥珀は眉を顰めた。

「どうしてそんな風に言うの？　くろは皆の事が心配じゃないの？」

鐵が背筋を伸ばし、琥珀を振り返る。その視線の冷ややかさに琥珀の軀は震えた。

「心配してもなんの意味もない。私たちには里人たちを助けられないのだからな」

「そんなの、やってみないとわからないでしょう？」

「わかる。私もかつてはあの武士たちの一人だった。鎧を着て太刀を持ち、何人も人を斬ってきたのだ。あやつらが獲物を逃すような下手を打つ筈がない」

琥珀は掌を握り込んだ。

――くろも人を斬った事があるの――？

「鐵！　こんな時にそんな事を言って、狐神様を怖がらせるな！」

諫めようとする月白に鐵は苛立たしげに言い返した。

「初めから言っていた筈だ。私は本来、神に仕えられるような身の上ではないと」

狭い洞の中に鐵の声がわんわんと反響する。

「知っているだろう、私の耕す畑の実りは乏しい。私の手が、殺す事しか知らないからだ」

大きく息を吸うと鐵は凝然と見つめる琥珀に薄く笑ってみせた。

「私が怖いか、琥珀」

琥珀には何も言えなかった。

鬼のように嗤《わら》う鐵の目には、傷ついたような色が浮かんでいた。

鐵だって皆を見捨ててなんとも思っていない訳ではないのだ。

己を悪し様《あざま》に言うのは、多分、皆の為に何もできない自分を責める故だ。

「ふ」

己を嘲《あざけ》るように唇を歪めると、鐵は琥珀に背を向け、洞の奥へと足を進めた。滝に直接手を伸ばし、水を飲む。派手に飛沫が上がり、鐵の直垂を濡らした。

滝の向こうに見える神域にまだ火は燃え広がっていないが、峰の稜線はうっすらと明るくなっている。

月白が鐵に歩み寄り、ちらりと琥珀を振り返った。

洞の中には滝の音が轟いている。内緒話をしても聞こえないと思ったのだろう、月白が声を潜めて鐵に囁いた。

「なあ、鐵。狐神様を帝の元にお連れしたらどうだろうか」

鐵が弾かれたように肩を揺らした。

「何を言う」

「渡してはならぬとそればかりを考えていたが、帝もいくらなんでも神に対して無体な真似はせぬだろう？　このままではどれだけ被害が広がるかわからぬ。目的を達すればこれ以上の狼藉はやむだろうし……」

琥珀は耳をぴくりと動かした。

――なに、それ。

すうっと指先が冷たくなる。薄桃色の唇が開き、細い声が漏れた。

「……僕？　あの人たちが山里を襲ったのは、僕を捕らえる為だったの？　山に火をつけたのも、僕を――いぶり出す為？」

「あ……」

琥珀の声を聞きつけ、月白は凍り付いた。

洞の隅の薄暗がりに蹲《うずくま》ったまま、琥珀は異様に明るく光る瞳で月白を見つめる。

月白は知らない。どんなに声を潜めても滝の音がうるさくても琥珀には関係ない事を。

琥珀は獣の耳を備えている。そして金色に輝く瞳は闇をも見通す。

月白の表情に琥珀は確信した。

そう、なんだ。

二人とも知っていて、黙っていたんだ。

全部琥珀のせいだって。

ふつふつと激しい感情が琥珀の中に滾《たぎ》ってゆく。

どうして教えてくれなかったの？

琥珀がおとなしくあの人たちに捕まっていれば、山里の皆は酷い目に遭わされずに済んだのかもしれないのに。

琥珀が逃げ出したせいで、山まで燃えている。

琥珀はゆっくりと立ち上がった。

「くろ、僕、皆を助けに行く」

ならば琥珀は償《つぐな》わなければならない。たとえこの身を捨てる事になっても。

だが――。

「駄目だ」

琥珀の決意を鐵は認めなかった。

「でも、早く帝を止めないと。僕はこの山里を守る神様なんだし――」

鐵の闇色の瞳が琥珀を捉える。

一瞬で空気が変わり、息すらできない程張り詰めた。

鐵が汚れた足を踏み出す。

琥珀は反射的に身を引こうとしたが、鐵の方が早い。両肩を摑まれ、琥珀は小さな悲鳴をあげた。

「い……た……っ」

鋼のような指がぎりぎりと肉の薄い肩に食い込んでくる。

鐵は憑《つ》かれたような目つきで琥珀を見据えた。

「駄目だ。おまえたちは帝を知らないのだ……っ」

いつも穏やかな鐵が見せた怒気に、琥珀は竦み上がる。だがこればかりは譲る訳にはいかない。

琥珀は腹に力を入れ、鐵を見返した。

「知ってるよ！　見たもの、皆が襲われている所を。酷い人だとわかっているけど、僕は皆を助けなきゃ」

澪に鳥子、桃葉に小太郎《こたろう》。皆の顔が脳裏に浮かぶ。

誰もかれもが琥珀によくしてくれた。

皆が琥珀の為に死ぬなんて、間違っている。

本当は足が震える程怖いけれど、一人でも救えるのなら、琥珀は行くべきなのだ。

折角守ってくれようとした鐵には悪いけれど。

だが鐵は承知しなかった。

「駄目だ。帝は狡猾《こうかつ》で容赦がない。従えてきた武士も先鋭揃い、おまえなどすぐ囚われて終わりだ」

「でも――」

「あの方にとって、神は自分自身のみ。うまく取り繕ってはいるが、神仏への敬意など微塵《みじん》も持っていない。琥珀が行ったらまず確実に――閨《ねや》に侍《はべ》らされる」

とんでもない冒瀆《ぼうとく》を口にした鐵に、月白が目を剝いた。

「まさか」

帝へと思いを馳《は》せる鐵の顔に、苦々しい色が過《よぎ》る。

――御所で鐵は、度々女の啜り泣く声を聞いた。

顔に痣《あざ》の残る女房たちは皇子に陵辱《りょうじょく》されたのだと訴えたが、鐵たちは信じなかった。あの美しく優しい方がそんな事をする筈がないと、頭から思い込んでいたからだ。

よく考えればおかしな話だった。女たちに手を付けたとて皇子が咎められる事はない。なのに泣いて嘘をついて、女房たちに一体なんの得がある？　女たちのなかには、痕が残るような酷い怪我をしていた者もいたのだ。

「あの方が政《まつりごと》に関わり始めた頃、西国で大きな盗賊団が暴れた事があった。何度か討伐隊《とうばつたい》を派遣したのだが、その度盗賊たちは煙のように姿を消してしまい、いっかな捕らえられない。やがて誰かが近隣の村の者が盗賊団に与《くみ》して匿《かくま》っているのではないかと言いだした」

なんの確証もない推測だ。だが皇子は事もなげに言った。

――では近隣の村を全て焼き払ってしまえ、と――。

「しかしそのような事、皇子の差配する事ではなかろう？　下々で片づけるべき事柄だ。違うか？」

「普通ならそうだ。だが皇子は盗賊団討伐に並々ならぬ関心を寄せられ、西国まで出向かれた。村々に火をかけるよう御自ら命じ、蟻《あり》の子一匹逃さぬよう、兵《つわもの》共に周囲を固めさせた。そうして皇子は、女や子供まで火に巻かれ、悶え苦しみ死んでゆくのを、涼しい顔で眺めておられた」

ぞっとするような光景を思い出したのか、鐵の顔が歪んだ。

「盗賊はそれで殲滅《せんめつ》できたのか？」

「確かに焼かれた村のどれかに潜んでいたらしい。ぴたりと被害はなくなった。だが皇子は十《とお》もの村を焼いたのだ。その全てが盗賊に関わっていたとは思えない。なんの咎もない者までもが焼き殺されたに違いないのだ」

鐵はこの時初めて心酔していた主に疑問を覚えた。黙っている事ができず、せめて事前に探りを入れて関わりなき者が巻き込まれぬよう心を砕くべきだったのではないかと、二人きりになった時皇子に奏上した。

たかが武士が皇子に意見するなど、畏れ多い。

だが皇子は怒る事なく鐵の言葉を聞き、もっともだと頷いた。

なんと聡明な皇子だと、鐵は更に傾倒を深めたのだが、半年後——。

「御所に物《もの》の怪《け》が出るという話が広がった。私は二の皇子じきじきに退治を命じられた」

皇子に言われた通り、鐵は新月の夜、篝火もない真っ暗な庭で一人物の怪を待ち受けた。

「私は皇子の言葉を疑わなかった」

密やかな衣擦れの音に気付き、鐵は鯉口《こいぐち》を切った。

妖《あや》しげな人影が闇に透けて見える。その者が踏み出す度、白っぽいものがふわりふわりと広がり揺れる。

——物の怪だ。

鐵は太刀を抜き、走った。

物の怪が振り返る。纏わりつくような闇と頭から被った薄物のせいで顔は見えない。

——誰《たれ》ぞ。

小さな声が聞こえたような気がしたが、鐵はあらかじめ物の怪の言葉は聞くなと厳に戒められていた。誑《たぶら》かされ、気が触れてしまうぞと。

心の臓を狙い、ぶすりと太刀を突き立てる。ひいと悲鳴をあげ、物の怪は倒れた。

恐る恐る薄衣《うすぎぬ》を剝ぎ取った鐵は愕然とした。

「おぬしが殺したのは、誰だったのだ」

「……日嗣《ひつぎ》の皇子だ」

「なに⁉」

日嗣の皇子は、本当なら次の帝になる筈だった男だ。なぜそのような身分の高い御方が供も連れず隠れるようにして庭に現れたのか、鐵にはわからなかった。

だがその時を待っていたかのように、二の皇子の笑い声が闇に響いた。昨日まで共に任に就いていた仲間が庭に雪崩込み、斬りかかってきて——鐵は逃げた。

「今思えば、日嗣の皇子はそうするよう二の皇子に言い含められ、寝所に忍んでいく所だったのではないかと思う」

供を連れていなかったのはきっと、誰にも知られたくない事をしようとしていたからだ。日嗣の皇子は新月の夜を選び、薄衣で顔を隠しさえしていた。

「だが日嗣の皇子と二の皇子とは、血を分けた兄弟であろう？」

「皇子が閨に引き入れられたのは女房たちだけではない。見目麗しい公達《きんだち》や僧との噂もあった。日嗣の皇子は特に美しい方ではなかったが、滅多に顔を合わせないのが普通の皇子同士にしては、やけに仲がよく、二の皇子を可愛がっていらした。二の皇子の方は時々うるさがっておれるようではあったがな」

鐵が敬愛する皇子は邪魔になった遊び相手を殺し、帝の座を手に入れたのだ。

それから一年程経って、鐵は一族の者がことごとく鐵の咎を負わされ斬首《ざんしゅ》されたと風の噂に聞いた。己の愚かさが父を母を、弟を叔父までもを滅ぼす事になったのだと知り、鐵は気も狂わんばかりに苦しんだ。

一体どうしてこんな事になったのだ？　皇子に意見したからか？

ではその場で鐵の首を斬ればよかったのだ。なぜ無駄な細工をする。関係のない者を巻き込む！

憤っても鐵にはどうする事もできない。

——私など、あの時あの場で斬り殺されていればよかったのだ。

鐵は何もかもが厭になり、乞食《こつじき》のようななりで方々をうろついた。

野垂れ死ぬ事もできず神域があるこの地に流れ着いたのは、神を無意識に求めていたからかもしれない。一体自分はどうすべきだったのかと問う為に。

鐵は俯き地面を睨みつけた。その瞳の中には深い闇が澱んでいる。

琥珀はおずおずと浅黒い頬を撫でた。

「くろ……」

鐵が哀れでならなかった。

鐵は帝に何もかも奪われたのだ。そしてその傷はいまだ癒えていない。

——本当に、僕に神様らしい力があったらよかったのに。

心から琥珀は思った。

そうしたら道を示して鐵を救ってあげられた。神力を振るって里人たちを助けられた。

でも琥珀には何もない。

ぽろぽろと涙がこぼれる。

琥珀はいつだって役立たず。大切な人に何もしてあげられない。

「琥珀……」

泣き続ける琥珀に手を差し出そうとして鐵が躊躇う。

先刻琥珀に避けられた事を思い出したからだろうか。あるいは、罪深い手で神に触れてはいけないと思ったからだろうか。

鐵の気持ちを思うと、胸がきりきりと痛む。

琥珀はよろめくように足を踏み出すと、鐵の頭を抱いた。白い手を逞しい背に回せば、鐵が遠慮がちに背を抱き返してくれる。

「帝がどんな人間かわかっただろう？　私はおまえにつらい思いをさせたくないのだ。私の為にも此処にいてくれ」

山里が襲われるのを見て鐵が平気だった筈がなかった。

里人を見捨て逃げるのを選んだのは、琥珀を守る為だったのだ。

琥珀はぎゅっと直垂の背を握りしめる。

鐵の気持ちは嬉しい。でもやっぱりこんなのは、間違ってる。

＋　＋　＋

鐵と寄り添うようにして再び眠りについた琥珀は、真夜中に目を覚まし、大きな瞳を瞬かせた。

そろそろと起き上がり、息を詰めて鐵が眠っているか確認する。大丈夫だと確信できると、琥珀は音が鳴らないよう胸元の鈴を握りしめ、裸足のまま洞を出た。耳を忙しく動かし、人の気配がない事を確かめる。

かつては水が洞の中に流れ込んでいたのだろう、複雑に地面がえぐられているこの辺りは見通しが悪い。琥珀の背の高さより太い巨木ばかりがそびえ立ち、地面は羊歯《しだ》と苔で覆われている。

洞から見えないよう巨木の向こう側へと回り込むと、琥珀は高く浮いた根の一つに腰を下ろした。

夜だというのに周囲はぼんやりと明るかった。まだ山が燃えているのだ。

「里人は一体何人が生き残っているんだろう……」

もしかしたらもう全員殺されてしまったのかもしれない。

――琥珀のせいで。

琥珀はぶるりと身を震わせた。

琥珀がいなければ、帝が武士を引き連れ山里に来る事はなかった。里人たちはなんの変わりもなく生きてゆけたのに。

――全部琥珀が無茶苦茶にした。

「――ごめんなさい」

鼻の奥がつんと痛くなる。

栗餅やあけびを供えてくれた子供たち、ケチをつけながらも細々《こまごま》と家の中を整えてくれた鳥子、豊かな実りを喜んでいた里人たち――。

里人たちと過ごした日々が脳裏に蘇る。どの一瞬も懐かしく、恋しく感じられた。

皆貧しい暮らしのなか、一生懸命倹約《けんやく》して琥珀に神饌《しんせん》を供えてくれた。

伝承を信じて、手の掛かる子供にしか見えない琥珀を育んでくれた。

琥珀に心を添わせてくれていたのだ。

──それなのに琥珀がした事は、なんだ。

──災いを連れてきただけだ。

己の存在がもたらした厄難の空恐ろしさに琥珀は気が遠くなりそうだった。

ぽろりとこぼれた涙を、拳で拭き取る。

しゃがみ込んだ格好のまま膝を抱え、尻尾を逆立たせている琥珀に、あたたかいものがすり寄ってきた。ひんやりとした鼻先で頬をつつかれ、琥珀は泣き笑いのような顔になる。

「──雷鳴」

大きな狼犬が前足を揃えて太い根に乗せ、琥珀を慰めるかのように大きな頭を寄せていた。

ぎゅうっと抱きつくと、涙に濡れた頬を優しく舐めてくれる。

ふと気が付くと琥珀の周りには山の獣たちが集まっていた。鹿や梟《ふくろう》、兎《うさぎ》に熊が、争う事もなくじいっと琥珀を見つめている。

琥珀は拳でぎゅっと涙を拭き取った。

「大丈夫、これ以上山を焼かせたりはしないよ。僕、神様だもんね。きっと皆を助けるからね」

己に言い聞かせるように琥珀は呟く。

そうだ、泣いている場合じゃない。琥珀にはまだやるべき事がある。

心を決めると、琥珀は最後にもう一度雷鳴にしがみつく腕に力を込めた。その時、かさりと小さな音が聞こえた。

琥珀の耳がぴんと立ち、向きを変える。同時に梟が翼を広げた。湧き起こる風に猫っ毛が煽られる。

梟が音もなく闇に紛れてゆく。熊や鹿の姿も瞬きをする間に森の中へと消えていた。一匹だけ泰然と構えている雷鳴にしがみついたまま、琥珀が大急ぎで振り向いた先には——鐵が立っていた。

「くろ……」

「本当に——神様だったんだな、琥珀は」

鐵が今まで見た事のない表情を浮かべているのに気が付き、琥珀は眉を顰めた。

「いきなりどうしたの、くろ」

「いや……。今初めて実感した。私はなんて畏れ多い方に仕えさせていただいていたんだろうと」

鐵の目は、どこか遠くを見つめているようだった。

琥珀は身震いした。

鐵には自分をそんな目で見て欲しくなかった。

他の誰がなんと言おうと、鐵の前では琥珀は琥珀。小さな狐の子でいい。

立ち上がろうとしてよろめいた琥珀に顔色を変え、鐵が素早く苔を蹴る。ほんの数歩で傍まで来ると、鐵は琥珀の腰を支え、心配そうに顔を覗き込んだ。頰に光る涙に眉根を寄せる。

「泣いていたのか」

琥珀は顔を背け、ぐすぐすと鼻を鳴らした。

「何も心配は要らないと言っただろう。おまえは私が必ず守る」

鐵がなだめるように髪を撫でてくれるが、琥珀は弱々しく首を振る。

守ってくれようとする鐵の気持ちは嬉しい。でも、だめ。

琥珀はそっと鐵の軀を押し返し、頭を仰け反らせた。

「僕、ね。どうすれば帝を止められるか、考えてたんだ」

「琥珀?」

細い指がそわそわと鐵の直垂の胸元を弄る。

「僕が天罰とか当てられたらいいんだけど、どうやったらそんな事ができるのかわからなくて。色々考えたんだけど、僕にできるのはあの人が欲しがっているものをあげる事だけみたい」

「何が言いたい」

木々の間を抜ける風のように穏やかだった鐵の声が、錆びた鋼に変わってゆく。

「僕、夜が明けたら山里に戻るよ。そうして、皆に酷い事をするのはやめるよう帝にお願いする」

「駄目だ」

鬼、と。

子供たちに囃《はや》されていた頃より何倍も恐ろしい顔で鐵は断じた。だが駄目と言われたからといって、引き下がる訳にはいかない。

「どうして？　狐神を手に入れる為に帝は来たんでしょう？　僕が行けば帝はきっと都に帰って、山を荒らす事もなくなるよ？」

「おまえはわかっていないんだ。どんなに酷い目に遭わされるのか！」

両肩を掴まれ、琥珀は鋭い息を吐いた。指が肉に食い込んで痛い。

「へいき。だって狐神は意に染まぬ振る舞いをされると、消えてしまうんでしょう？」

鐵が息を呑んだ。琥珀は無理に唇の両端を引き上げ、笑みを形作る。

閨《ねや》に侍《はべ》る、というのがどういう事なのかわからないが、鐵たちの様子を見るにさぞかし忌《い》まわしい事なのだろう。

本当は、少し、怖い。

でも消えてしまえば、きっと何も感じなくて済む。

「駄目だ、琥珀」

鐵に、息も吐けないくらい強く抱き竦められる。苦しいけれど、それだけ強く想われているのだと思うと、嬉しかった。

――鐵が口に含ませてくれた桃の甘さを思い出す。

鐵といるのは、楽しかった。鐵の元で琥珀はたくさんの幸《さいわ》いを知った。色んなおいしい食べ物を食べさせてもらったし、綺麗な着物を着せてもらった。夕陽に染まった空の美しさも、真夏のせせらぎに足を浸す心地よさも、みんな琥珀は知っている。

それから——と、篝火だけが燃える夜の中、舞う鐵の凜々しさを思い出し、琥珀は唇を震わせた。

——胸が壊れそうな気持ちがあるのを琥珀は鐵に教えてもらった。

「あの、ね、くろ。僕、一つだけ心残りがあるんだ。くろでないと、叶えられない事」

つかえつかえ切り出した琥珀を見つめる鐵の眼差しは切なげだ。

「——なんだ」

琥珀にはもう、時間がない。多分今夜が鐵と過ごせる最後の夜だ。消えてしまう前に、ねえ、お願い。

「僕を、くろの一番にして……」

うんと伸び上がり、頭を仰け反らせ、琥珀は鐵を見つめる。

鐵の闇色の瞳が困ったように揺れた。

「……琥珀？」

「いや？」

「そんな事はない。ただ今更だと思ってな」

言下に否定した鐵を、琥珀は疑わしげに見つめた。

「でもくろ、僕に嘘ついたでしょう？」

「なんの事だ」

背中に触れている鐵の手が、僅かに強張る。

「嫁の事。嫁になったら契りを結ぶものなんでしょう？　でもくろはなんにもしてくれなかった。本当は僕なんて嫁にしたくなかったの？」

鐵は狂おしい手つきで琥珀の髪を梳いた。

「違う。そんな事はない。琥珀が子供だったからだ。身も心も幼くて……何もわかっていなかったから。子供を騙すような真似をする訳にはいかなかった。それにあの頃はまだ、琥珀は私にとって愛し子のような存在で——」

「じゃあ、今は？」

大きな琥珀色の瞳に問いかけられ、鐵は言葉を詰まらせた。

「今も僕は子供でしかないの？」

「そんな事はない。だが琥珀、おまえは神だ。本来なら私のような者が近づけるような存在ではない」

静かに言い聞かせようとする鐵に、琥珀は首を傾げた。

「そんな難しい事言われても、わかんない。くろ、僕の事、好き？」

鐵は一瞬息を詰まらせた。闇色の瞳がどこか熱っぽい色を湛え琥珀を見つめる。

「……誰より愛しく思っている」

囁くような声に、琥珀はふわんと幸せそうな笑みを浮かべた。

――愛しいと、鐵が言ってくれた。誰より、と。

琥珀も、好き。

鐵が、誰より一番好き。

「じゃあ、真似事でもいいから、して。とっても恥ずかしくて痛い事」

鐵は空を見上げ、溜息をついた。

「……誰にそんな事を教わったんだ、月白か？」

「そんな事、どうでもいいでしょ」

鐵の目が再び琥珀を捉える。

逞しい腕が琥珀の腰を捕らえ引き寄せた。もう一方の掌が琥珀の頬をしっとりと撫でる。

ただ撫でられただけなのに、背筋が粟立った。

「……あ」

逆の頬に鐵の唇を感じた途端、琥珀の尻尾がぶわっと膨らむ。

――――これは、なに？

「本当に、いいのだな」

頬を撫でていた掌が首筋へと滑る。戸惑いながら、琥珀は頷いた。

鐵に触れられると軀がむずむずする。

こんな事初めてで、ほんの少しだけ怖い。

でも、折角鐵が契ってくれる気になったのだし。これが最後の夜なのだし。

琥珀はぷるぷると頭を振って不安を振り払うと、うんと気合を入れた。

「ん！」

「琥珀……」

鐵がそっと唇を吸う。

舌がゆっくりと琥珀の唇をなぞり、狭間《はざま》へと入ってきた。琥珀が綺麗に揃った歯列を開くと、口の中を柔らかな舌が舐める。

「あ、ふ、――ん……」

なんだろう、これ。とっても気持ちがいい――。

鐵の舌に粘膜をするりと撫でられる度、ぞくぞくした。

甘ったるい味が口の中に広がる。

琥珀の口を吸いながら、鐵が大きな掌で背中を撫で下ろす。

好き。好き。

大好き。

ずっと一緒にいたかった――。

鐵の襟元を握りしめていた手がはたりと落ちた。腕の中で力を失った躯を支え、鐵はくちづけをほどく。

瞼をなまめかしい桜色に染めた神は、眠っていた。

口の中に残る甘ったるい味を唾と一緒に地面へと吐き出し、鐵はそっと蜂蜜色の髪を撫でる。

それだけで我慢しようとしたのだが身の裡《うち》に籠もる熱が鎮《しず》まらず、鐵は琥珀のこめかみに唇を押し当てた。そのままじいっと波が過ぎるのを待つ。

「琥珀、おまえを心より愛おしく思う。だがだからこそおまえの望むようにはさせられない」

やがて白い小さな手を取り、そっと指にもくちづけると、鐵は力の抜けた躯を抱き上げた。首に結ばれた鈴がちりりと小さな音を立てる。

危なげない足取りで苔を踏み音もなく洞に戻ると、足元に仏頂面の月白が転がっていた。

「いつ邪魔しに現れるかと思っていたんだが」

雷鳴が月白の上にのしかかっていた。忍ぶように外へ出ていった二人を追おうとした月白を雷鳴が引きとどめてくれたのだろう。

鐵は琥珀を柔らかな苔の上に下ろし、雷鳴の頭を撫でてやる。役目を果たした雷鳴がのそりと起き上がると、見ていたかのように月白が忌々しげに毒づいた。

「この罰当たりめが。そのうち天罰が下るからな」

「さて私にそれだけの時間が残っているかどうか」

鐵が小さく嗤う。

月白は身を起こすと、無防備に眠る琥珀を見下ろした。

「おぬし、狐神様に何をしたのだ」

「――ある薬草を飲ませた。半日は目覚めまい。月白、悪いが琥珀の面倒を見てやってくれ。目を覚ましたら多分帝の元へ向かおうとするだろうが、引き止めろ。もし丸一日経っても私が帰ってこなかったら闇に紛れて山の奥へと逃げるんだ。何がなんでも帝の手には渡すなよ。雷鳴も頼んだぞ」

襲撃の前、鐵は再三にわたり里人たちに山里を離れるよう説得していたが、月白をはじめ里の者は皆、鐵の言葉を信じようとしなかった。飢えや冬の寒さは身に染みていても、見た事もない都から大勢の武士が里を蹂躙しに来るなどといった話には実感が湧かなかったのかもしれない。あるいは単に、先祖代々暮らしてきた土地を捨て去れなかったのか。いずれにせよ里人たちは愚直にこれまでと同じ生活を続け、迫り来る脅威から目を背けた。

だがおそらく月白はもう違《たが》えない。

太刀や胡簶《やなぐい》を手早く身につけ始めた鐵に、月白が怪訝そうに眉を顰める。

「おぬし、どこへ行く気だ」

「帝を討ちにゆく」

のそのそと近寄ってきた狼犬を、鐵はしゃがんで抱きしめた。

月白が血相を変え、杖を頼りに立ち上がる。

「山里に行く気か？　おぬし、死ぬぞ」

山里には大勢の武士がひしめいており、帝を討つのは難しい。もし成功したとしても、戻ってくるのは不可能に近い。

それなのに鐵は晴れやかに笑った。

「構わぬ。私にはもう、思い残す事などないからな」

琥珀は小さく口を開け眠っている。無垢な寝顔を脳裏に焼き付けると、鐵は最後にそっと頬を撫で踵を返した。身軽に巨木の根を踏み、外へ出る。

神域の森はいまだ闇に包まれ、静まりかえっている。しっとりと湿った空気には冬の気配が交じっていた。清らかな空気を胸の奥深く吸い込み、鐵は気を引き締める。

鐵は、武士だ。

大事なものを守る為には、様々な物事を切り捨てねばならない時があると知っている。

鐵にとって最優先すべきなのは琥珀だったが、琥珀はどうしても里人たちを思い切れないらしい。

鐵のやり方で逃げ延びたところで、きっと琥珀は泣くだろう。それではきっと駄目なのだ。鐵は琥珀の面倒を見てくれた鳥子の、様々な貢ぎ物をくれた澪の、子供たちの笑顔を思い浮かべる。

「私もまた気付かぬうちに鬼になっていたのだな」

——都を出てからずっと死んだように生きていた鐵に、琥珀は再び生きる喜びを教えてくれた。

誰よりも無垢な、愛しい子。

あの子の為にも私はもう道を違えたりしない。

再びあの子が目覚める頃には何もかもが終わっている事だろう。

多分生きては帰れまいが、もし首尾よく帝を討ち、逃げ延びる事ができたなら——。

「ふ」

口元に苦い笑みが浮かぶ。鐵は久しぶりに腰に佩《は》いた太刀の柄を握りしめた。山里に来てからずっと仕舞い込んでいた太刀をすらりと鞘から引き抜くと、帝に仕える武士であった頃からいささかの変わりもない冴えた鋼が月光をきらりと反射した。

＋　＋　＋

武士に占領された山里には弛緩した空気が漂っていた。

山の日の出は遅くまだ周囲は薄暗い。見張りを残し武士たちは寝静まっている。

ほとんどの家々は焼け落ちていたが、一際大きな月白の屋敷は変わりなかった。鎧姿の武士たちが守りを固めている所を見ると、此処に帝がいるのだろう。

普通だったら帝御自《おんみずか》らこのような山里へ行幸されるなどという事はありえない。それをやってのける帝の執念を、鐵は恐ろしく思った。

鐵は音もなく月白の屋敷へと近づいてゆく。

適当に括っただけだった鐵の髪はそれなりに結い直されていた。元の色がわからなくなる程着古した直垂は捨て、小綺麗な水干に烏帽子《えぼし》を身につけている。

この装束の持ち主は今は冷たい骸と化して、茂みの中で眠っている。

月白の畑にある大きな桃の木の陰に身を潜め、鐵は様子を窺った。

農家と大差ない造りの月白の屋敷は貴人が利用するには開放的すぎる。周囲には簡単に帷幕《いばく》が張られ、二人の武士が眠そうな顔で立っていた。おそらく中にも詰めている者がいるのだろうが、まずはと鐵は弓を引き絞る。

箭《や》が、夜空に綺麗な弧《こ》を描き飛んでゆく。

狙い過《あやま》たず、不寝番《ふしんばん》を務めていた男の喉へと突き刺さり、息の根を止めた。

おい、と怪訝そうな声がかすかに聞こえる。

注意を引いたのは矢羽根の音か、男が崩れ落ちた音か。いずれにせよ、守りが固められる前にと鐵は一気に畑を突っ切った。

ちょうど幕をめくって出てこようとしていた男を首尾よく射殺《いころ》し、月白の屋敷へと飛び込む。

「何やつ！」

「斉昭《なりあきら》かっ。皆の者、帝をお守りしろ！」

鐵は弓を投げ捨てると、太刀を抜いた。反りの強い刀身が僅かな暁《あかつき》の光にぼんやりと光る。

向かってきた一人を切り捨て、戸板を蹴倒すと、寝間が現れた。

月白の屋敷の間取りは熟知している。帝が使うとしたらこの部屋以外ないと鐵は読んでいたのだが、果たしてそうだったようだ。

だが意外な事に帝は眠ってはいなかった。

部屋の中央に血塗れの老婆が横たわっており、弱々しい痙攣《けいれん》を繰り返している。見覚えのあるこの老婆は、里の者だ。

帝はその足元に立ち、老婆を見下ろしていた。数人の近従がそれを取り囲んでいる。

ゆっくりと鐵を振り返った帝は、年齢を重ねますます艶美さを増したようだった。

一瞬でそれだけのものを見て取ると、鐵は床板を蹴り踏み込んだ。だが横合いから現れた男に組み付かれ、体勢を崩す。

「誰《たれ》か！」

加勢を呼ばわる声が聞こえる。摑みかかる武士の顔に肘を喰らわせて引き剝がし、帝に詰め寄ろうとした鐵の前に、別の男が立ちはだかった。

帝は何事も起こっていないかのような涼しい顔のままだ。逃げようとする様子すらない。

「殺してはならぬ。生きたまま朕《ちん》の前に這いつくばらせよ」

面倒な命に男たちは顔を歪めた。

御前《ごぜん》での抜刀を禁じられているのか、屋敷の中にいる武士は太刀を抜いていない。

好機とばかりに鐵は太刀を振るった。

鎧の隙間に刃が吸い込まれるように消え、血飛沫が上がる。二人目は鞘で鐵の白刃を受け止め、鐵を押し戻そうとした。

「帝、どうぞこなたへ」

別の者が帝を逃がそうとしている。早く邪魔者を片づけねば逃げられてしまうと、気が急く。

だが帝は優美に首を振った。

「此処でよい」

「しかし……！」

「このような下郎《げろう》に朕を傷つけさせる程、そちらは無能なのか？」

鞘を滑った刃が男の指を斬り落とした。間髪入れず走った太刀が男の喉笛を切り裂く。

今度こそと帝に追い縋ろうとしたものの、鐵はもう機を逸していた。

鐵が進入してきた縁側から土間から、武士が雪崩込んでくる。あと少しの距離を詰める事ができない。

一太刀でも、浴びせられれば。

あの白い首を切り裂ければ、何もかもが終わるのに。

鞘が鐵の背中を打ち据える。頭から飛んだ烏帽子が揉《も》み合う武士たちに踏み潰された。太刀を振り回し更に数人斬って捨てたものの多勢に無勢、鐵はとうとう無様に床に引き据えられてしまう。

「久しいの、斉昭。息災で何よりだ」

白い素足が視界に入ってきた。

鐵は歯噛みする。

すぐ目の前に帝がいるのに、鐵は腕を後ろにねじり上げられ身動きもできない。

「……帝も、お変わりなく。相も変わらず、無惨な真似をなさる」

「先に無惨な真似をしたのはそちらではないか。朕の遣わした武士を襲ったのだ。こうなる事はわかっていた筈。そうであろう？」

柔らかい掌が鐵の頬を撫でる。

血は穢れである筈なのに、帝に厭《いと》う様子はない。

「賊のなかにそちがいると聞いた時は驚いたぞ。あれだけ可愛がってやったのに朕の命を奪いに来るとは、薄情な男だ」

腹の奥底から、熱い怒りの固まりが込み上げてきて、鐵は身を震わせた。

「薄情なのはどちらだ……っ。忠実に仕えていた私を罠《わな》にかけ、なんの咎もない一族の者を皆殺しにするなど……っ」

帝はしらけた顔で屈めていた身を伸ばした。

「逃げたそちが悪い。あの時おとなしく斬られていれば、そち一人で済んだのだ。一族の者を殺したのは、そち自身よ」

はらわたが煮えくり返るようだった。

この男にとっては斉昭も一族の者も、玩具《がんぐ》に過ぎないのだ。弄ばれる者の苦しみも痛みもこの男には届かない。

「さて斉昭、獣の形の神はどこにいる？　この女が言うたぞ。そちは神の寵愛《ちょうあい》を受けているとな。姿がないのはそちが隠しているからなのだろう？　神の元へ案内《あない》せよ」

涼やかな声で命じられ、鐵は唇を引き結んだ。

琥珀の儚げな姿が脳裏に浮かぶ。

黙りこくる鐵を、帝は忌々しげに睨みつける。

「狐神とやらに忠義を尽くす気か？　ほんに憎々しい奴よ。――誰《たれ》か里の子を一人連れて参れ」

「何をする気だ」

思わず声をあげた鐵に、帝は美しく笑んだ。

「獣の形の神などに仕える事が如何に虚しい事か、とくと教えてやる」

「何をしたとて、私は教えぬぞ」

「そうであろうな。だが子を痛めつけられる所を見ればそちは苦しむ。――そちはそういう男よ」

鐵は唇を噛んだ。

要は、厭がらせだ。この男は鐵を苦しめる為だけに里の子を傷つけるつもりなのだ。

見知った子供の一人が引っ立てられてくる。

苦痛に満ちた時間を予期し、鐵は目を伏せた。

＋　＋　＋

「くろ？」

日暮れが近づく頃、琥珀はようやく目を覚ました。

ぼうっとした顔で、ぴったりと軀を寄せて寝そべっていた雷鳴の毛並みを撫でる。

「おなか減った……」

今何時《なんどき》くらいだろうと辺りを見回してみて、琥珀は愕然とした。

洞に射し込んでくる陽差しが斜めの線を描いている。橙色《だいだい》がかった色味は朝のものではない。

琥珀は一日を無駄に寝て過ごしてしまったのだ。

「帝の所に行かなくちゃ！」

飛び起きたものの、琥珀は情けない呻き声をあげ、へなへなと雷鳴の上に倒れ伏した。

どうしてだろう、頭がくらくらする。

「目が覚めたか」

洞の入り口に座っていた月白がどこから採ってきたのかオニグルミを一摑み琥珀へと差し出した。既に殻《から》から取り出された実を両手で受け取り、琥珀は月白を見上げる。

「くろは？」

「外の様子を見に行っている」

まだ明るいのに外に出て武士に見つからないんだろうかと思いつつ、琥珀は小さな実を一つ口に入れた。

噛みしめると香ばしい味が口の中に広がる。

——これが最後に食べるおいしいものになるのかも。

そう思ったら小さなオニグルミの実がひどく貴重なものに感じられ、琥珀は掌に並ぶ小さな実を一粒一粒ゆっくりと味わっていった。

鐵が戻ってきたら、さようならを言って峰を下りよう。

いないうちに出ていった方がすんなり事が運ぶのだろうが、もう一度、最後にちゃんと鐵の顔を見たい。

「くろはどれくらい前に出掛けたの？　いつ頃戻ってくるって言ってた？」

「出ていったのはついさっきだ。戻りがいつになるかはわからぬな。帝の手の者に見つからぬようにせねばならぬから手間取るやもしれぬと言っていた」

「ふうん……」

変だな、と琥珀は思う。洞に残っている鐵の匂いは随分薄い。ついさっきまでいたなら、もっと匂いが残っていそうなものだ。

「雷鳴。月白が言っている事は本当？」

黒銀の耳がぴくりと動く。雷鳴の反応はそれだけだったが、月白の匂いが劇的に変わった。

これはひどく緊張している時の匂いだ。そういえば月白は先刻からうっすらとこんな匂いを漂わせてはいなかっただろうか。

——何か、変だ。

琥珀はゆっくりと立ち上がった。まだ少し眩暈が残っていたが、今度はしゃんと立ち上がれる。

「ねえ、月白——」

言いかけた言葉が途中で切れ、蜂蜜色の耳がぴんと立ち上がった。雷鳴もまた素早く頭を巡らせる。

——子供の、悲鳴……？

かすかにひいひいと泣く声が聞こえた。

月白は琥珀程耳がよくない。オニグルミを食べるのをやめ、じいっと耳を澄ましている琥珀に怪訝そうに首を傾げる。

「なんだ？　どうした」

いきなり立ち上がった琥珀が食べかけのオニグルミを袖の中に放り込み、外へと駆け出した。

「あっ、外に出てはならんっ。雷鳴、止めろ！」

足の怪我はほぼ治っているものの、月白は素早く立ち上がる事ができない。出遅れた月白の命に応じるように雷鳴が地を蹴る。

簡単に追いついた雷鳴はだが、琥珀を止めようとはしなかった。琥珀を追い越し、巨木の間を箭《や》のように抜けてゆく。雷鳴の後を琥珀は必死に追った。

神域は苔と羊歯《しだ》ばかりだが、外界に近づけば普通の灌木《かんぼく》も生えている。雷鳴がこんもりとした茂みの中へと消えると、琥珀も四つん這いになりごそごそとその横に潜り込んでいった。奥へと進み、目の前に開けた急峻《きゅうしゅん》な斜面の下を窺う。

神域との境にある開けた土地に、馬を連れた武士がひしめいていた。その中央で子供が男の一人に肩を摑まれ泣いている。粗末な着物は片袖がない。剝き出しになった片腕は火傷《やけど》をしたのだろう、真っ黒に煤《すす》けており、ぴくりとも動かない。

「この峰が禁足地だよう。案内したんだからもういいだろ、鐵様を放しておくれよ。もう酷い事するのはやめておくれよう」

琥珀は眦《まなじり》が張り裂けんばかりに目を見開いた。

武士の間に、鐵がいた。上半身裸で、両腕を後ろで括られている。

小綺麗にまとめるようになっていた髪はひどく乱れ、浅黒い肌はまだらに色が変わっていた。強かに殴られ、内出血を起こしているのだ。

――どうして――！

悲鳴をあげようとした琥珀の口元が、いつの間にか追いついていた月白の手に塞《ふさ》がれた。

「此処がそちたちの神が現れた場所か。さて、狐神とやらはどこにおるのだ？」

楽しげな笑みを口元に浮かべた男がぐるりと辺りを見回す。

「早く申し上げぬかっ」

膝を突き俯いている鐵を、武士がいきなり蹴った。ぐらりと軀が揺れたものの、鐵は口を開こうとはしない。

「我らで探して参りましょう。手分けをすればこの程度の山、すぐに検《あらた》められます」

膝を突き奏上した武士に、帝は首を振る。

「……斉昭の口から聞きたいのだ」

「斉昭！」

太い声で武士が恫喝する。鐵は答えない。

別の男が鐵の横に立ち、太い棒を振り上げた。背を打つ音が琥珀のいる場所にまで響く。

——やめて！

強い衝撃に、引き締まった軀が前のめりに崩れた。新たな男が鐵の軀を引き起こし、また背を打つ。

琥珀は震えた。

なんて——酷い。

やめさせようにも琥珀の口元は、月白にしっかりと塞がれている。凶行を止めに行きたいのに、月白は放してくれない。

「戻りましょう、狐神様」

月白の囁きに、琥珀は首を振った。

「いいや堪えていただきたい。鐵は狐神様を守る為、帝を討とうとしてあのような目に遭っているのだ。此処で狐神様が捕らえられたら、鐵がした全ての事が無駄になる。鐵の事を思うなら、俺と一緒に逃げてくだされ。——雷鳴も、何をしている。鐵に狐神様をお守りするよう言いつかったであろう。役目を果たせ」

目に涙を溜め、琥珀は鐵を見つめる。

戻るなんてできる訳ない。

くろを——助けなきゃ。

——僕を守る為?

琥珀はこんな事を、一度だって望んだりはしなかった。

男がまた何か言い、鐵の背が打たれる。

琥珀の躯もまたびくりと震えた。

鐵などどうなってもいいと思っているのだろう、男は渾身《こんしん》の力を込め棒を振り下ろしている。

不意にむせた鐵が血を吐き出した。

一撃ごとに鐵の躯が壊れてゆく——。

見ていられなくなったのだろう、隣でじっと様子を見ていた雷鳴が茂みから躍《おど》り出した。

「雷鳴……っ」

鐵の元へと、斜面を転がるように下りてゆく。

　はっとしたように鐵が顔を上げた。

「来るな、雷鳴！」

　だが、遅かった。

　雷鳴の軀に、箭《や》が突き刺さった。

　思わず前に出ようとした琥珀の軀を、月白が有無を言わさず引き戻す。

　怯まず前に進もうとする雷鳴の軀に次々と箭《や》が射掛けられる。

　鐵の元に辿り着く前に雷鳴は力尽き、崩れ落ちた。素早く駆け寄った武士が、腰刀でとどめを刺す。

　その一部始終を鐵は頭を仰け反らせ食い入るように見ていた。食いしばった歯の間から血が溢れる。

　見ている事しかできなかった琥珀の目から涙がこぼれ落ちた。

「斉昭の犬か。可哀想にのう。そちもこうなりたくなかったら早《はよ》う教えよ」

　鐵は顔を背けた。その目は琥珀と出会った頃のように澱んでいた。鐵はもはや何もかもを
――自分の命でさえ投げ出そうとしている。

「そういえばそちは弓の名手と謳《うた》われていたな。その眼《まなこ》がなくなったらさぞかし困るのではあるまいか」

　帝の意を酌《く》んだ武士が二人掛かりで鐵を押さえつけ、髪を摑んで顔を上げさせた。

鐵の目をえぐり出すつもりなのだ。

琥珀は月白の腕の中でもがいた。

いつも優しく琥珀を見守ってくれた闇色の眼《まなこ》。それが、なくなってしまう。

そんなの、厭だ。

だが琥珀にはどうしても月白を振りほどけなかった。

鐵の前に立った武士が腰刀を抜く。

武士の軀が邪魔で鐵の顔は見えなかったが、低い呻き声が聞こえた。

地面にぼたぼたと何かが落ちる。

武士が身を引くと、鐵の右目があった場所は血の赤で塗り潰されていた。

いや――――――!

頭がおかしくなりそうだった。

塞がれた口の中で琥珀は絶叫した。

ほんの数時間前、誰より愛しく思っていると鐵は言ってくれた。無骨な鐵らしからぬ、甘やかな言葉だった。

鐵はあの時にはもう、死地に赴く事を決めていたのだろうか。

こんなのは、厭だ。いやだ、いや。

どうして僕は神様なのになんの力もないんだろう。

どうして……？

死にたいような気分でそう思った時だった。

ぽこり、と何かが琥珀の底から浮き上がってきた。


──なんの力もない？　本当に？

────え────？


琥珀は息を詰めた。

ぽこり、ぽこりと何かが琥珀の中に溢れ出す。心の深い深い場所に隠されていた何かが手の届く所に浮かび上がってくる。

──これ、きらい。

淡い嫌悪を感じたが、琥珀には力が必要だった。

ぽこり、と。光が泡のように弾ける。

──僕の、力。

琥珀は大きく息を吸って、吐いた。夜でもないのに瞳が金色に輝き始める。

「……月白、放して」

口を塞がれていたものの、琥珀の声は月白の魂《たましい》に直接響いた。

驚いた月白の腕からするりと抜け出し、琥珀はほっそりとした姿を晒す。

「やめて。これ以上鐵を傷つけないで」

その声は決して大きくはなかったが、目に見える場所にいる全ての人間が琥珀を振り返った。

――鐵も。

朦朧《もうろう》とし始めていた鐵の瞳の色が強くなる。何もかもを無表情にやり過ごそうとしていた目元が絶望に歪んだ。

「来てはいけない！　月白、琥珀を連れてゆけ！」

喉も裂けよとばかりに叫び、猛然と暴れ始める。武士たちが慌てふためき鐵の背を押さえつけようとしたが、死に物狂いになった鐵は恐ろしい膂力《りょりょく》を発揮し、重い鎧を身につけた大の男を振り飛ばした。身を捻るようにして無防備な顔面に肩を叩き込むと、武士が昏倒《こんとう》する。

狼狽した武士の一人が太刀を抜いた。

「行くんだ！　月白！」

鋭い刃が鐵の腕に食い込み、骨で止まる。くそ、と吐き捨てた武士が肉に食い込んだ白刃を引き抜くと、傷ついた動脈からおびただしい血が迸った。

数人の武士が崖《がけ》に取りつき、琥珀の元までよじ登ろうとし始める。

引き戻そうと、月白が後ろから手を伸ばしたが、琥珀は後ろにも眼《まなこ》がついているかのようにするりとかわし前へ進み出た。

恐ろしく急な崖を、雲を踏むようなふわふわとした足取りで歩み下りてゆく。

「琥珀――――！」

盲《めし》いた目を見開き、鐵が琥珀を見つめる。琥珀はふんわりとした笑みを鐵に送ると、帝に向き直った。

「そちが狐神か。此処へ来い」

帝が傲慢《ごうまん》な命令を下すと、自然に男たちが二つに割れ、道ができた。目の前に立った少年のような狐神を、帝はしげしげと眺める。

「獣の形の神、か。成る程見目麗しいな。斉昭が執着するだけの事はある。だがどうせ神というのは嘘なのであろう？　その耳と尻尾はどうしたのだ？　獣から剝ぎ取ったのか？」

ぐいと耳を摑まれ、琥珀は顔を歪めた。片手で帝の手首を押さえる。

「神を騙《かた》るなど畏れ多いと思わぬか」

琥珀色の瞳が帝を射た。

「あなたこそ、多くの穢れを、無数の民の恨みつらみを負う事を、恐ろしいとは思わないの？」

「……何？」

「無辜《むこ》の民を傷つけるのはもうやめて」

己を畏れる様子を欠片も見せぬ琥珀を、帝は憎々しげに睨みつけた。

「此処におるのは無辜《むこ》の民などではない。朕に逆らった謀反人《むほんにん》だ」

琥珀は顔を歪める。

「お願い。都に帰って。もう鐵たちに構わないで」

必死の訴えは、帝には伝わらない。

「鐵とは斉昭の事か？　ふふ、面白き名をつけたものよ。都には程なく帰ろう、そちを連れてな。斉昭に構う事ももうなかろうよ。――この男は此処で死ぬのだからな。あまり苦しめても可哀想だ、其処《そこ》な者、斉昭を――」

言葉が終わる前に、琥珀は帝の手首を握る手に力を込めた。

帝の言葉が途切れ、秀麗な顔に奇妙な表情が浮かぶ。たおやかな軀が、眩暈でも起こしたかのように揺らいだ。

「そちは、一体何を……？」

帝の白い肌から更に色が抜け、青白くすら見えるようになる。頬が削《そ》げ、目が落ち窪み――帝が、枯れてゆく。

異変に気付き、帝は琥珀の手を振りほどこうとした。だが琥珀の手は帝の手首に貼り付いてしまったかのように離れない。

「誰《たれ》か！　誰かこの者を引き離せ！　斬れ！」

その場に満ちる神気を感じたのだろう、男たちは帝の命に従う事に躊躇いを見せたが、鈍い者はどこにでもいる。帝の傍近くにいた武士の一人が太刀を抜き、無造作に琥珀の背に斬りつけた。

その瞬間、山の空気が変わった。

鳥の羽ばたきが耳を聾《ろう》する。

男たちは驚いて空を見上げた。

山中の鳥が一斉に飛び立ったようだった。飛び交う鳶《とび》に烏《からす》、雀《すずめ》の群れに、空が埋め尽くされそうだ。

驚いた馬が落ち着きなく肢を踏み鳴らし、男たちは不安げに目を見交わす。

異変は、それだけではなかった。

男たちは羽音に別の音が交じっているのに気が付いた。めきめきという、乾いた木が裂けるような音だ。

見れば足下を覆っていた苔が羊歯《しだ》がまばらな灌木が、みるみるうちに瑞々しさを失い灰色に枯れてゆこうとしていた。数千年を経てまだ青々と葉を茂らせていた巨木の幹が弾け、傾ぐ。

「危ねえっ」

落ちてくる枯れた枝から男たちが逃げまどう。枝といっても元が二抱えも三抱えもある巨木の枝だ。当たったら死にかねない太さがある。

最前まで揺るぎなかった根までもが砕け、木々が厭な軋《きし》み音をあげ倒れ始めた。それも一本や二本ではない。山全体が枯れ、もろく崩れてゆく。

斬撃《ざんげき》を受けた琥珀は地面に座り込み、喘いでいた。水干の背は朱に染まり、溢れ出る血はなおもその版図《はんと》を広げようとしている。だが琥珀は昂然《こうぜん》と頭《こうべ》を上げ、帝を見据えた。

「あなたには神の血なんか流れていない。あなたは呪われし者だ。あなたの治める地はことごとく枯れ、民は飢えるだろう」

無礼者と琥珀を斬り伏せる者はいなかった。帝は朦朧とした顔で琥珀を見返すのみ、武士も琥珀に近づこうとしない。

「帝、此処は危険です。小童《こわっぱ》など捨て置いて、参りましょう」

近従が帝を抱えるようにして連れ去った。

大気は悲鳴と怒号《どごう》に震えている。目に入る全ての巨木が、倒れてこようとしているようだ。そう広くない場所にぎっしりと控えていた男たちは身動きがとれず、急峻な斜面を駆け上ろうとして馬ごと転げ落ちたり、仲間を踏み潰してしまったり、崩れてくる木の下敷きになったりと、大混乱に陥った。

そんななか、どういう訳か鐵と琥珀の周りにはぽかりと何もない空間が開けていた。鐵を押さえていた武士は、落ちてきた枝に押し潰され動かなくなっている。膝を突き背中を丸めた姿勢のまま片手で目を押さえている鐵に、琥珀は這うようにして近づいた。

「くろ、くろ、しっかりして」

耳元で呼んでも、腕の中にある愛しい男の軀は微動だにしない。琥珀は両手で鐵の頬を包み持ち上げた。

鐵の手が地面に落ち、優しい闇色の瞳と――血の虚《うろ》に成り果てた眼窩《がんか》が現れる。

琥珀は血で汚れるのも構わず、鐵の頭を抱きしめた。そのままぎゅっと目を瞑り、髪にくちづける。

――そうして帝と森から吸い取った生気を鐵に注ぎ込む。

「……なんと」

ようやく杖を突き追いついてきた月白が呆《ほう》けたように呟いた。

鐵の腕の皮膚《ひふ》が引っ張られるように伸び繋がり、斬りつけられた腕の傷が皮膚の上に描かれたただの細い血の線へと変化してゆく。

軀中についていた痣は徐々に薄くなり、土気色だった顔色も明るくなってきた。

でも、力が、足りない。

琥珀は大きく喘いだ。

「くろ？　目を覚まして？」

呼びかけに応えるように、鐵の瞼が震える。

力なく垂らされていた腕が持ち上がり、琥珀の背を抱いた。

琥珀が血で汚れたこめかみにもくちづけると、鐵が長く息を吐く。のろのろと背筋を伸ばし、まだ夢の中をさまよっているような顔を仰向ける。

潰されてしまった筈の目が開いたが、その眼差しは虚《うつ》ろで、光を失っていた。

鐵の目を覗き込んでいた琥珀が哀しそうに呟く。

「どうしよう、僕にはこれ以上治せない……。くろ、ごめんね。僕、神様なのに。目を返してあげられなくて、本当にごめん」

「こは、く……？」

鐵がぼんやりとした顔で瞬いた。

琥珀はもう一度、今度は唇に接吻《せっぷん》しようとしたが、うまくできない。

自分の軀を見下ろしてみて、納得する。姿が透け始めているのだ。

どうやらお終いの時が来てしまったらしい。

「きっ、狐神様っ。狐神様、消えるな。頼む！　帝は逃げていったのだぞ。これからはずっと鐵と共に在れるのだ。狐神様は鐵を——慕っておられるのであろう？」

——くろと、ずっと、いっしょに？

くちづけてもらった時の幸せな気分を思い出し、琥珀はふふ、と笑った。

鐵が怠そうに手を持ち上げ琥珀の顔に触れようとする。だが手は青白い頬を通り抜けてしまう。

鐵は己の掌をしげしげと眺めた。

「どう、なってているんだ。琥珀――――？」

ようやく意識がはっきりしてきたらしい鐵は、愕然としているようだ。

「やめろ、消えるな、琥珀。おまえがいなければ私は生きている甲斐などないのだ。頼む、傍にいてくれ。琥珀、琥珀――」

鐵が必死に掻き口説《くど》こうとしてくれるのが嬉しくて、琥珀は瞳を潤ませる。

わかってないなあ。僕だって、くろがいなければ生きている甲斐がないんだよ。

自分は勝手に僕の前から消えてしまおうとしたくせに、僕が消えようとすると文句を言うなんて、ずるい。

そう言おうとして琥珀は、もう声さえも出ない事に気付いた。本当はもう少し此処にいたかったけれど、こんなに穢れを受けてしまったのではこれ以上形を保てそうにない。

琥珀はただ在るだけの神だ。

山々の清浄な気が幾世代も経て凝《こご》っただけの存在。気を操る事はできるが、それ以外なんの力も持たない。

顕現すると気がうまく循環するようになるから実りは豊かになるが、それだけだ。

だがそんな琥珀を皆、大事にしてくれた。

鐵と共に過ごせて、すごく楽しかった。

人の世に在って、琥珀は好きという気持ちを知った。幸せというものを知った。恋い慕う喜びを知った。たくさんの事を鐵に教えてもらって満足した。

——だから、もう、いいんだ。

鐵を助ける事もできたし、思い残す事はない。

ただ一つだけ——鐵の幸せを、琥珀は希《こいねが》う。

ふんわりと、幸せそうに琥珀は笑む。斬られた背の傷から、その存在がほろほろと崩れてゆく。

「琥珀っ」

血を吐くような鐵の叫びが枯れた山に木霊《こだま》した。


——さよなら。


ちりりという涼やかな鈴の音を残して琥珀は消えた。

鐵の腕の中で、琥珀が身につけていた着物がくたくたと形を崩す。

はらりと重なり落ちた布を、鐵は茫然《ぼうぜん》と見下ろした。

「琥珀……？」

非情な現実を俄《にわか》には信じられず、鐵は震える手を伸ばす。

白い水干や小袴がある。草鞋《わらじ》も髪を結んでいた紐も。だが一番上にあっていい筈の鈴と赤い

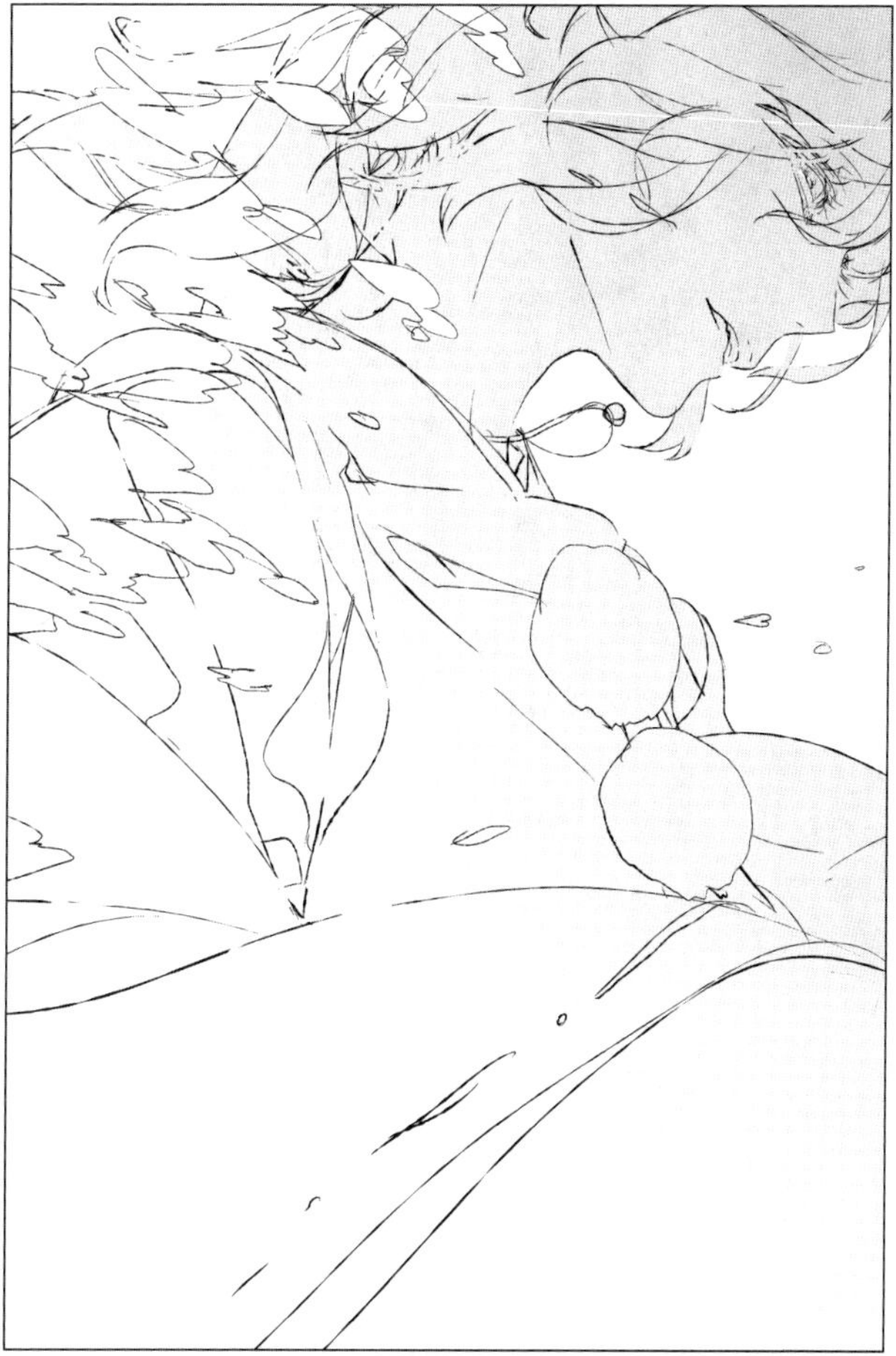

紐が見あたらない。

まだあたたかい着物を持ち上げると、オニグルミの実がバラバラと落ちた。

この実が琥珀の口に入る事はない。

大好きと鐵に微笑む事も、拗ねて頬を膨らませる事もない。

鐵は虚ろな表情で武士の姿が消えた草むらを見渡す。枯れ果てた山は静まり返り、鳥の声一つ、獣の声一つ聞こえない。

開けた小さな土地には、雷鳴の骸と月白だけが残っている。

琥珀の姿はどこにもない。

琥珀の不在が深々と鐵の胸に迫ってくる。

「琥珀……っ」

命よりも大事なものは失われ、鐵は取り残されてしまった。

そんな事は望んでいないのに、鐵だけが生き残ってしまう。いつも――いつも。

鐵は琥珀の気配の残る着物を掻き抱いた。

琥珀の鈴と赤い紐はどう探してもとうとう見つからなかった。

九、

その日枯れたのは鐵《くろがね》たちの山里だけではなかった。

半病人の状態で急ぎ都に舞い戻った帝たちは、遠く離れた土地からもあまねく怪異の知らせが届いているのを知り慄然とした。

一日でやせ衰えた帝は床に伏したものの、徐々に回復してゆく。だが、既に都には不穏な噂が広まりつつあった。

帝は呪われている、という。

混乱のなか、琥珀《こはく》の呪《しゅ》を耳にした者は少なかったが、その内容はあらゆる者を怯えさせた。帝がその地位にある限り、この国もまた神に呪われてしまうのだ。

いつの世にも権力の座を狙う者はいる。

帝の奔放《ほんぽう》な振る舞いに眉を顰める者は前々から多く、譲位するのにちょうどいい弟皇子もいた。

冬が終わらぬうちに帝は譲位を迫る勢力に屈し、その座を追われた。

十、

秋晴れの空はどこまでも高い。

収穫したばかりの野菜を川で洗っていた女が、むさくるしい男がやってくるのに気が付き立ち上がった。

「鐵《くろがね》様、月白《つきしろ》様の所に行くのかい」

「ああ」

年齢を重ねた鐵の容貌は、以前よりも渋みを増していた。

伸びた無精髭がまだらに顎を覆っている。長く伸びた髪はいい加減に束ねただけでほつれ、顔を半ば隠していた。見えぬ片目を黒い布で覆った姿は異様だが、鐵の本当の顔を知っている女は臆《おく》した様子もない。

「帰りにうちにお寄りよ。豆餅を作ったんだ」

「いいのか」

「その代わり秋祭りではしっかり頼むよ」

軽く手を上げ了解の合図を送ると、鐵はかつてとは大分変わってしまった山里を横切っていった。

皆殺されてしまったのかと思われたが、野良仕事の為里の外に出ていた者は他の里に身を隠し難を逃れていた。少数ではあるが、騎馬に追われながらも山に逃げ込み助かった者もいる。

頭数《あたま》は三分の一以下に減ってしまったが、彼らは見事に山里を再建した。十年近い年月が過ぎた今では、焼かれた家は跡形もなく片づけられ、粗末ではあるが新しい家がそちこちに建っている。近隣の里から移り住んできた者もいる。

生まれ変わった里で育った幼い子らが鐵を追い越し走ってゆく。

鐵の姿は琥珀《こはく》が現れる前と大して変わりないが、鬼と囃《はや》される事はもうない。

「聞こえたぞ、鐵。水魚《みずな》とうまくやっているようだな」

声が聞こえたのだろう、月白が屋敷の前に出て腕組みをして待っていた。その顔には食えない笑みが浮かんでいる。

「豆餅を作りすぎたのだろう」

「俺も澪《みお》に伝言を頼まれている。帰りに顔を出して欲しいそうだ。羨ましい事だな」

鐵は苦笑し、運んできた笹の枝を下ろした。これは秋祭りの際に使うものだ。

「おぬし、誰《たれ》ぞ意中の者はおらぬのか？　里の娘は皆おぬしの嫁になりたいと思っているようだぞ」

鐵は涼しい顔で聞き流す。

「物好きな話だ。こんな男のどこがいいのか」

「はぐらかすな。狐神様も、おぬしが幸せになる事を望んでいると思うぞ。本当に考えてみてくれぬか？　おぬしが落ち着かぬと女衆が俺に探りを入れてきてうるさくてかなわんのだ」

しつこく食い下がろうとする月白に、鐵はつれない。

「今更嫁など娶《めと》ろうとは思わぬよ」

穏やかに笑んでさっさと逃げ出す。

鐵は相変わらず山中のあばら屋で一人で暮らしていた。山里に滅多に下りてこないのも同じだ。それでも色んな事が以前とは違っていた。

里人たちは琥珀がいなくなってからも鐵に親しげに話しかけ、よそ者扱いしていた頃が嘘のように親切にしてくれる。

鐵もまた、どうにも不得手な畑仕事について里人の教えを乞う代わりに田植えを手伝い、祭りの時期になれば見事な舞を奉納した。

いつの間にか鐵は里人の一員として認められ、この里に馴染んでいる。

琥珀のおかげだと鐵は思う。もう此処《ここ》にはいない、あの幼気《いたいけ》な子のおかげ。

鐵が山里での用事を終え、あばら屋へと戻ってきた時にはもう暗くなり始めていた。

月白に何度か山里に移り住まないかと誘われていたが、これも鐵は断っている。もはや琥珀も雷鳴《らいめい》もいないが、鐵は一人黙々と煮炊きをし、琥珀と共に眠った筵《むしろ》で夜を過ごした。朝は夜明けと同時に起き出し、こっそり神域を越えて狩りをしに行く。

神域にはまだ幾重にも折り重なった倒木が残っていたが、その表面はすっかり苔に覆われ、若木がそちこちに枝を伸ばしていた。

この山も再生しつつあるのだ。それも驚く程の早さで。

朽ち木だらけの山を進むのは以前よりも難しい。だが鐵は、頑《かたく》なに以前と同じ道を辿って狩り場へと向かった。

琥珀と出会った渓流に行き当たると、清水に手を浸し口を漱《すす》ぐ。川の面は色づいた紅葉で赤く染まっていた。

——もうすぐ冬が来る。

厚い雲の下で鳶が旋回しながら鳴いている。

まるで様相が変わってしまったというのに、山はやはりどこか神々しい空気に包まれていた。風はなく、鐵が時折枯れた枝を踏み砕く以外、なんの音もしない。

鐵はぼんやりと琥珀の事を思い起こす。

あの子と別れを告げたのも、この峰だった。

まるで空気に溶け込むようにあの子は消えた。

そのせいだろうか、この山に来るとあの子の気配を感じる。あの子に包まれているような心地よい感覚は、鐵の胸にぽっかりと空いた穴を埋め、心を穏やかに保った。

一族を喪《うしな》った時のような鬼になってしまうのではないかと怖くなる程の憤激はない。なぜならあの子は此処にいるからだ。

あの子はこの山の神。

神は死なない。

何十年か何百年か経ち、時が満ちればまたこの世に顕現する。

おそらくこの世で再び会う事はできないだろう。仮に出会えたとして、鐵の事を覚えているかもわからない。

それでもいい。

ただ琥珀を生んだこの山を守って生きて、死ぬ。それが今の鐵の望みだ。

空を見上げ、鐵は愛しい神の名を舌に乗せる。

「琥珀……」

——その時……。


ちりん。


涼やかな鈴の音が山の空気を震わせた。

すぐ後ろから聞こえたその音に、心臓が大きく跳ねる。

この十年余り、忘れる事のなかった音色だ。

鐵はゆっくりと振り返る。
厚く垂れ込めていた雲が切れ、明るい陽差しが幻《まぼろし》のように地上を照らし出した。

あとがき

こんにちは。成瀬《なるせ》かのです。この度はこの本をお手にとってくださって、ありがとうございました！　武士《もののふ》とか狐耳とか、受育成とか、好き要素を盛りだくさんに詰め込んだお話を書かせていただけて幸せでした。

自分のお仕事史上では一番のピュアなお話です。今までこういうのは売れっ子さんしか許されないものだと思い込んでいたので、編集さんにＯＫもらったときはびっくりしました。いい形でまとまった！とは思っていますが、いまだにいいのかしらとドキドキしています。

イラストを描いてくださったｙｏｃｏさん、ありがとうございました。構図やカラーの色使いがとても印象的で、ｙｏｃｏさんにお願いできてよかったと心から思ってます。

時代考証の穴をチェックしてくださった校正さんにも大感謝です。

それでは次の本でもお会いできる事を願いつつ。

http://karen.saiin.net/~shocola/dd/dd.html　成瀬かの

「さて…いま何か妙な気配がしたような」

「気をつけよ、斉昭。物の怪というものは案外近くにおるものぞ」

ステキなお話しの
おてつだいができて嬉しかったです♡
若クロを…どうしても描きたかったので
あとがきでムリヤリ描く…
皇子の忠犬…
yoco

ダリア文庫をお買い上げいただきましてありがとうございます。
この本を読んでのご意見・ご感想・ファンレターをお待ちしております。

〈あて先〉
〒173-8561　東京都板橋区弥生町78-3
(株)フロンティアワークス　ダリア編集部
感想係、または「成瀬かの先生」「yoco先生」係

❋初出一覧❋

琥珀色のなみだ～子狐の恋～……………………書き下ろし

琥珀色のなみだ～子狐の恋～

2013年4月20日　第一刷発行

著者　成瀬かの

発行者　及川 武

発行所　株式会社フロンティアワークス
〒173-8561　東京都板橋区弥生町78-3
営業　TEL 03-3972-0346　FAX 03-3972-0344
編集　TEL 03-3972-1445

印刷所　図書印刷株式会社